더메이서 게임 판타지 장편소설

스켈레톤 마스터 3

더페이서 게임 판타지 장편소설

초판 1쇄 찍은 날 | 2018년 8월 8일
초판 1쇄 펴낸 날 | 2018년 8월 16일

지은이 | 더페이서
펴낸이 | 예경원

기획 | 위시북스
편집책임 | 이규재
편집 | 위시북스

펴낸곳 | 예원북스
등록번호 | 제396-2012-000132호
등록일자 | 2012. 7. 25
KFN | 제1-295호

주소 | 경기도 고양시 일산동구 호수로 646-24 위너스21II빌딩 206A호 (우)10401
전화 | 031-819-9431 팩스 | 031-817-9432
E-mail | yewonbooks@naver.com

©더페이서, 2018

ISBN 979-11-89348-90-8 04810
       979-11-89348-43-4 (set)

스켈레톤 마스터 ③

WISHBOOKS GAME FANTASY STORY
더페이서 게임 판타지 장편소설

Wish Books

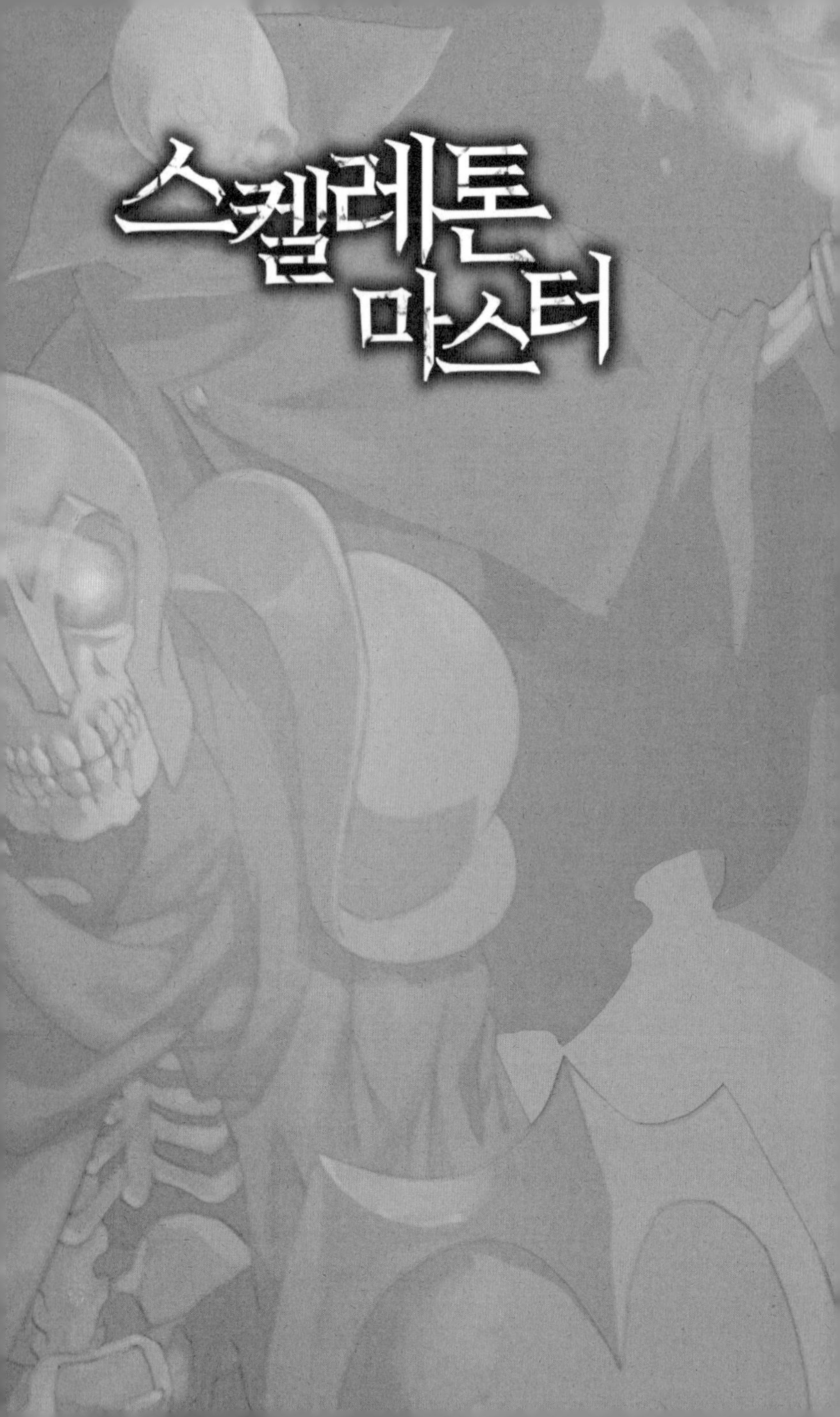
스켈레톤
마스터

••• CONTENTS •••

제1장
2차 수련관

제작을 배워온 성민우는 휴식 시간이 될 때마다 무구를 수리했다. 제작도 하고 싶었지만 1회용 제작 도구가 꽤 비싼 편이라 스킬 레벨이 낮은 지금 사용하기엔 너무 아까웠다. 그래서 무혁과의 사냥이 끝나면 대장간으로 향해 일을 도와주며 작업실에서 제작을 하곤 했다.

　그렇게 사냥과 수리, 제작을 병행하는 사이 꽤나 레벨을 올려 흑귀목 두 마리 정도는 한 번에 사냥할 수 있게 되었다.

　"후아, 이제 지겨운데?"

　"나도."

　현재 무혁은 레벨 47에 경험치가 30퍼센트 수준이었다. 성민우는 46에 10퍼센트로 빠르게 무혁을 쫓아갔다. 아마도 무혁이 51레벨 직전이 되면 성민우는 아슬아슬하게 50레벨에 올라설 수 있을 것 같았다.

마침 50레벨 던전을 아니까.

"50까지는 버텨볼까?"

"50까지?"

"웅, 내가 던전 하나를 아는데 거기 입장 제한이 레벨 50이야."

"허얼, 진짜?"

"어, 지금 이동하기에는 귀찮아. 그때까지는 흑귀목 잡고 50되면 던전이나 가자."

"콜!"

기대에 찬 목소리로 크게 외친 성민우의 표정이 조금씩 굳어졌다.

"아, 근데 너랑 레벨이 안 맞잖아."

"괜찮아, 내가 좀 기다리면 되지."

그 말에 성민우가 무혁에게 다가갔다.

"고맙다."

그러곤 끌어안으려 했다. 하지만 무혁은 그런 성민우를 밀쳐 냈다.

"징그러워, 꺼져."

"친구의 성의를……."

"됐고, 2주 안에 50이나 찍자고."

"……."

예전이라면 말도 안 된다고 기함을 했을 것이다. 하지만 지금은 아니었다. 무혁과 사냥하면서 충분히 가능하다는 것을 여실히 깨달은 탓이었다.

마침 그들의 앞에 흑귀목이 리젠되었다. 그것도 세 마리나.

"윈드!"

세 녀석을 동시에 느리게 만든 후.

"어스."

줄기로 묶어버렸다. 이후 둔화의 독이 묻은 뼈 화살로 놈들을 타격한 후 강화 스켈레톤과 검뼈를 보내 다가오지 못하도록 막아섰다.

뒤쪽에 있던 불의 정령이 공격을 퍼붓고 무혁과 활뼈 역시 쉴 새 없이 화살을 쏘아댔다.

크리리릭!

흑귀목의 고통에 찌든 절규.

한 마리를 처리했을 때.

키릭, 키리릭.

세 마리의 협공을 버티는 건 확실히 부담스러운 일이었다.

검뼈7, 8이 순식간에 녹았다. 강화 스켈레톤이 한 마리의 흑귀목을 잡아두는 동안 나머지 검뼈만으로 두 마리 흑귀목의 공격을 막아내고 버텨야 했기 때문이다.

검뼈4와 검뼈6, 두 마리가 더 역소환되고서야 한 마리의 흑귀목을 겨우 처리할 수 있었다.

강화 스켈레톤은 여전히 굳건하게 자리를 지키고 있었지만

HP가 상당히 떨어진 상태였다. 무혁은 틈틈이 강화 스켈레톤이 상대하는 흑귀목을 견제했다. 그것은 성민우 역시 마찬가지였다. 그러면서도 날뛰고 있는 한 마리의 흑귀목을 꾸준히 공략했다. 덕분에 강화 스켈레톤이 역소환되기 직전에 놈을 잡아낼 수 있었다.

"후우."

"마지막이네."

"끝내자고. 어스!"

마지막 남은 한 마리 역시 끝으로 치닫고 있었다. 이미 파이어의 공격으로 인해 전신이 불타고 있었으며 신체 곳곳에 꽂힌 화살로 인해 움직일 힘도 없어 보였다. 게다가 정령의 줄기가 치솟아 움직임을 방해했다.

그때 놈의 얼굴로 화살이 날아들었다.

[크리티컬이 터집니다.]

[366의 대미지를 입힙니다.]

운이 좋았다. 크리티컬이 터지면서 상황이 끝나 버렸다.

무혁은 서둘러 사체 분해를 실시했고 나온 재료를 인벤토리에 넣으면서 남은 스켈레톤을 역소환하려고 했다.

[스켈레톤 전사 소환 스킬의 레벨이 상승합니다.]

[스켈레톤 아처 소환 스킬의 레벨이 상승합니다.]

마침 소환 스킬의 레벨이 올랐다.

"오호."

"왜?"

"아니, 소환 레벨이 올라서."

"그래? 그럼 숫자도 늘어난 거네?"

"응."

"오케이!"

이로써 강화 스켈레톤 1마리, 검뼈가 9마리, 활뼈가 5마리가 되었다. 총 15마리를 소환할 수 있게 된 것이다. 하지만 동시에 걱정도 늘었다.

쩝, 검이랑 활, 방패도 구해야겠네.

"일단 쉬자."

"그래."

두 사람은 구석에 자리를 잡고 앉았다.

"세 마리는 좀 버거웠는데 잘됐다."

"응, 전사가 2마리, 아처가 1마리 더 늘었으니까 이제 세 마리도 무난할 거야. 난 새로 나온 녀석들 무기나 좀 볼게."

"오케이, 난 수리나 하련다."

성민우가 수리 도구를 꺼냈고 무혁은 경매 시스템을 이용했다.

아침에 일어나 운동을 마치고 집으로 돌아가는 길에 간단하게 배를 채우고 집에선 일루전에 접속.

일루전 속에서는 사냥, 수리, 요리, 제작의 무한 반복. 나와서 저녁을 먹고 쉬다가 취침.

그 와중에 성민우의 제작 레벨이 3이 되었다는 소식이 들렸다.

"제작 레벨 3일 때가 가장 중요해."

"왜?"

"힘만 받쳐 준다면 옵션이 잘 붙는 시기거든. 반면에 사용 제한은 거의 안 붙고."

"헐? 진짜야?"

"응, 그러니까 집중해서 제작해 봐."

그때부터 성민우는 1회용 제작 도구를 구입해 사냥터에서도 제작 노가다를 이어갔다.

꽤 괜찮은 무구들이 만들어졌다.

"오오, 좋아!"

덕분에 일루전에 올인하겠다는 생각이 한층 확고해진 모습이었다.

레벨도 순조롭게 올랐다. 목표했던 2주까지 아직 며칠 남은 상황이었지만 현재 레벨은 무혁이 49, 성민우가 48이었다.

휴식을 취하고 다시 흑귀목을 잡았다.

어제와 다르지 않은 오늘이었다.

방금 떠오른 메시지만 아니었다면 말이다.

[히든 퀘스트가 발동합니다.]

[목령의 분노]

[흑귀목의 학살을 지켜보던 목령이 분노하여 그 모습을 나타냈다. 목령을 처치하여 안전을 도모하라.]

[보상 : 기여도에 따라 달라진다.]

갑작스레 퀘스트가 떴다. 주변이 소란스러워졌다.

"어어? 이거 뭐야?"

"히든 퀘스트?"

"목령?"

무혁도 조금 놀랐다. 히든 퀘스트. 쉽사리 뜨는 퀘스트가 아니다. 한 지역에 꽁꽁 숨겨진 히든 퀘스트는 어떤 방법으로 획득할 수 있는지 조금도 알려지지 않았다.

물론 몇 가지 방법이 대두되긴 했지만 동일한 히든 퀘스트라고 할지라도 발동되는 조건과 클리어할 수 있는 방법이 그때마다 다르다.

달라진 방법을 알아내어 패턴을 파악하고자 했던 랭커들조차도 결국 포기했을 만큼 어려운 일이었다.

"가자."

"어?"

"목령 잡으러 가자고."

"잡을 수 있을까?"

무혁은 고개를 저었다.

"우리 둘뿐이라면 불가능하겠지."

"그럼?"

무혁이 주변을 훑어본다. 그 시선을 성민우가 쫓았다.

"다른 유저도 많잖아."

"아……!"

혼자서 목령을 잡을 순 없지만 다른 유저와 함께라면 충분히 가능하다. 게다가 어차피 퀘스트는 기여도를 따진다. 최대한 기여도를 높인다면 좋은 보상을 얻을 수 있는 것이다. 다른 유저와 적대할 필요도 없는 아주 좋은 퀘스트였다.

"좋아, 가자!"

무혁과 성민우는 서둘러 움직였다. 주변에 있던 다른 유저들도 분주히 움직이며 목령을 찾는 듯했다.

"아, 목령, 이거 어디 있어?"

"저기 사람 많은데?"

"가 볼까?"

"어서 가 보자. 서둘러서 처리해야지."

그들의 대화를 따라 무혁의 고개가 돌아갔다. 그곳엔 확실히 유저가 많이 모여 있었다.

저긴가?

"우리도 가 볼까?"

"그러자."

아무래도 유저가 많은 곳에 놈이 있을 확률이 높았으니까.

그런 판단으로 유저들을 쫓아가기를 몇 분. 하지만 목령은 보이지 않았다.

뭐야…….

그제야 의문을 느꼈다.

"이상한데?"

"뭐가?"

"가장 선두에 있는 유저들 봐. 그냥 의미 없이 주변만 도는 것 같지 않아?"

말을 하면서 보다 확신을 가졌다.

"여기 아닌 거 같은데."

"에, 진짜?"

"어, 몰래 빠져나가자."

"그래, 네 생각이 그렇다면야."

다행히 성민우는 무혁의 의견에 순순히 따랐다. 이제 빠져나가기만 하면 된다.

그냥 나갈까?

무작정 나가면 이상하게 보진 않을까 걱정이 앞섰다. 하지만 이내 고개를 저었다. 대열에 있는 유저들은 이미 목령이라는 목적에 빠져 허우적거리고 있었다.

"아, 도대체 어디야!"

"목령 어디 있는 거냐고!"

덕분에 대열에서 벗어난다 해도 별탈이 없을 것 같았다.

"지금."

"오케이."

둘은 함께 대열을 이탈했다. 뒤쪽에 있던 유저들의 시선이 꽂혔다. 의문이 깃든 눈동자였으나 이내 관심을 끊으며 대열을 따라갔다. 무혁은 그제야 마음을 놓고 반대편으로 이동했다.

몇 분 정도 이동했을 즈음.

콰앙!

전투 소리가 들려왔다.

"저기다!"

서둘러 달려 나갔다. 듬성듬성 나 있던 나무가 빽빽하게 들어선 곳. 그 아래에 목령이 있었다.

"스턴 걸 테니까 집중 공격하세요!"

놈을 잡고 있는 수십 명의 유저도 보였다. 무혁과 성민우도 바로 난입했다.

"소환!"

"어스!"

마침 목령이 스턴에 걸렸다. 어스의 스킬이 발동되면서 줄기가 자라나 목령을 휘감았고 그 틈으로 뼈 화살이 꽂혔다. 놈을 상대하던 유저들이 힐끔 쳐다보며 미간을 찌푸렸지만 별수 없다는 표정과 함께 다시 사냥에 집중했다.

활뼈, 연사.

무혁도 화살을 날렸다.

동시에 검뼈를 앞으로 보냈다.

푸욱.

그 순간 무혁과 활뼈의 화살이 목령을 타격했다.

[기여도(5)가 상승합니다.]

[기여도(1)가 상승합니다.]

[기여도(1)가 상승합니다.]

[기여도(1)가 상승합니다.]

[기여도(1)가 상승합니다.]

[기여도(1)가 상승합니다.]

동시에 오른쪽 구석에 기여도 순위표가 나타났다.

1위가 현재 210점이었다.

검뼈2가 가장 먼저 목령의 지척에 도착했다. 그런데 하필이면 그 순간 목령에게 걸렸던 스턴이 풀려 버렸다.

"뒤로!"

그 모습에 무혁이 서둘러 후퇴를 명령했다.

다른 검뼈는 무난하게 물러섰지만 안타깝게도 검뼈2의 주변에는 유저가 많아 움직임에 제한을 받았다. 그 탓에 피하는 것이 조금 늦었다.

분명 나무였으나 마치 사람과 흡사한 생김새를 지닌 목령. 놈의 팔이라고 볼 수 있는 나뭇가지가 채찍처럼 휘둘러지며 검뼈2와 주변 유저를 가격했다.

콰직.

한 번의 공격에 검뼈2가 바스라지고 말았다.

[1,463의 대미지를 입었습니다.]

['검뼈2'가 역소환됩니다.]

[기여도(30)가 상승합니다.]

"미친……"

공격을 당한 유저 역시 희미해져 갔다. 죽어버린 것이다.

한 방이라니……

하지만 의외의 소득이 있었다. 대미지의 수준과 공격을 당했다는 이유만으로도 기여도가 오른다는 사실 말이다. 죽으면서 다른 유저의 피해를 막아줬기 때문일까? 잘은 모르겠지만 기여도가 꽤나 크게 오른다는 것만은 분명했다.

"피해!"

그 와중에도 목령의 공격은 이어졌다. 몇 명의 유저가 죽었고 검뼈5, 6도 결국 역소환당했다.

순식간에 기여도가 60이나 더 올랐다. 총 기여도 100. 순위 16위에 안착하는 순간이었다.

무혁은 눈을 빛내며 검뼈를 모두 물렸다. 단 한 마리, 강화 스켈레톤을 제외하고서 말이다. 이후 활뼈에게 연사를 지시했다. 무혁 역시 화살을 계속 쏘았다. 다른 유저들 역시 공격을 퍼부었다.

쾅, 콰과과광!

확실히 수십여 개의 스킬이 중폭되니 폭발력도 한층 강력해졌다.

크르르…….

문제는 그런 와중에도 목령은 밀리지 않고 다가오고 있다는 사실이었다.

"다시 스턴 겁니다!"

누군가가 외치며 목령의 발목 부위를 그었다.

목령이 멈췄다. 하지만 그 시간은 지극히 짧다.

"저도 갑니다!"

그 탓에 여러 유저가 연속으로 스턴을 걸어야만 했다.

"제 차례!"

"나도!"

그사이 유저들은 최대한 디버프를 걸었다. 플랜츠 핸드, 그래비티, 디그 등등.

마침 스턴이 풀렸다.

식물의 손이 목령의 발을 잡아 그래비티 효과를 상승시켜 행동을 굼뜨게 만들었다. 거기에 디그로 목령이 움직일 때마다 그 아래 땅을 깊게 파서 빠지게 만들었다. 거기서 그치지 않았다.

"윈드!"

성민우의 정령, 윈드까지 가세했다. 무혁도 화살촉에 둔화의 독을 발랐다. 활뼈의 갈비뼈에는 출혈, 마비, 환각을 골고루 발라줬다.

"후읍……."

집중해서 시위를 당긴 후, 목령을 겨냥하며 시위를 놓았다.

파앙!

쏘아진 화살이 목령의 어깨를 스쳤다.

좋아!

활뼈의 화살도 적중했다.

[‘둔화의 독’이 적용되지 않습니다.]

[‘환각의 독’이 적용되지 않습니다.]

[‘약화의 마비’가 적용됩니다.]

[‘출혈의 눈물’이 적용됩니다.]

그러나 둔화의 독과 환각의 독은 적용되지 않았다.

쩝, 벌써 다른 사람이 사용했나 보네.

많은 유저가 보유한 독이다. 사용한 게 당연했다. 하지만 나머지 두 가지는 적용이 되었다. 덕분에 기여도가 꽤 크게 상승했다.

"좋아, 밀어붙이자고!"

근접 유저가 나서려는 순간.

후아아아!

목령이 거칠게 몸을 흔들었다. 그러자 몇 개의 디버프가 무효화되었다. 일단 플랜츠 핸드는 부서졌고 파였던 구멍은 목령의 뿌리가 덮어버렸다.

그래비티 스킬로 인한 효과와 정령 윈드의 디버프, 그리고 둔화의 독만이 남은 상태였다. 그 탓에 목령의 움직임이 한순간이지만 빨라졌다. 그 틈을 놓쳐 버린 유저들.

"이런, 피해!"

그 앞을 강화 스켈레톤이 막아섰다.

콰아앙!

폭발과 함께 강화 스켈레톤이 뒤로 주르륵 밀려났다. 생각보다 큰 피해를 입기는 했지만 죽지는 않았다.

"오…… 버텼어?"

"그것도 스켈레톤이?"

"대박인데?"

덕분에 유저의 기세가 오른 것은 물론이고.

[1,456의 대미지를 입었습니다.]
[기여도(30)가 상승합니다.]

무혁의 기여도 역시 상승했다.

좋아, 강화 스켈레톤, 후퇴.

강화 스켈레톤의 남은 HP는 409였다. 무혁이 미소를 지었다.

예상대로네. 이미 앞선 메시지로 1,500 수준의 대미지를 준다는 걸 알고 있었다.

현재 강화 스켈레톤의 HP는 무려 1,865. 그러니 한 번의 공격으로는 절대 죽지 않음을 확신했던 것이다. 물론 변수가 있긴 했지만 예상은 들어맞았고 무혁은 아무런 피해 없이 기여도 30이라는 수치를 확보할 수 있었다.

"와, 너 순위 잘 오르네?"

옆에 있던 성민우였다. 무혁은 낮은 목소리로 알려줬다.

"소환수가 맞으니까 기여도가 30이나 오르더라."

"허얼, 그래? 내 정령도 죽으면 올려주려나?"

"정령 공격에 얼마씩 오르는데?"

"2에서 5 사이."

"그럼 그냥 계속 공격시키는 게 좋을 것 같은데?"

"으음, 오케이. 일단 네 마리니까 다른 유저보다는 확실히 유리하지!"

그 말은 사실이었다. 현재 성민우의 순위도 빠르게 치솟고 있었으니까. 무혁은 고개를 끄덕이며 가까이 다가온 강화 스켈레톤을 쳐다봤다.

강화 스켈레톤, 휴식.

다시 유저들과 힘을 합쳐 목령을 밀어붙였다.

6분 정도가 지났을 즈음, 무혁은 강화 스켈레톤의 HP가 모두 찼음을 깨닫고 다시 앞으로 내보냈다.

녀석이 목령을 아주 귀찮게 했다.

뒤로. 앞으로, 공격. 뒤로.

물론 무혁의 지휘였다.

[기여도(1)가 상승합니다.]
[기여도(1)가 상승합니다.]

그 와중에도 기여도는 꾸준히 상승했다. 활뼈의 공격이 주된 원인이었다.

다시 앞으로, 공격.

그러다 목령의 시선이 딱 강화 스켈레톤에게 꽂혔다. 목령은 그대로 팔을 휘둘렀고 나뭇가지가 채찍처럼 변하며 날아들었다.

만약 이 공격을 막지 못하면 360도로 회전하며 주변에 피해를 준다. 하지만 제대로 막아내면 이야기가 달라진다.

방어!

강화 스켈레톤이 방패에 몸을 숨겼다.

콰아앙!

크게 밀려났지만 분명히 방어에 성공했다. 덕분에 목령의 공격도 힘을 잃었다. 유저들의 피해를 줄인 것이다. 강화 스켈레톤의 방어 덕에 살아남은 유저가 안도하며 외쳤다.

"좋았어!"

"오오, 이길 수 있다고!"

기세가 올랐다.

"힐!"

그때 누군가가 강화 스켈레톤에게 힐을 사용했다. 하지만 신성력은 스켈레톤에게 적용되지 않는다. 때문에 아쉽게도 HP는 차오르지 않았다. 결국 15분 정도 이 상태로 HP가 회복되기를 기다려야만 했다.

유저들의 공격이 다시 이어졌다. 각종 마법과 기술을 난사한다.

콰과과과강!

뒤이어 다시 스턴 기술을 지닌 유저가 나섰다. 약 5초가량 스턴이 지속되는 사이, 각종 디버프 마법이 목령을 휘감았다. 이후 충분히 거리를 벌렸다.

크, 크르르……!

스턴이 풀리면 유저들은 뒤로 물러나면서 최대한 견제만 하는 식이었다. 그러다 쿨타임이 돌아온 유저들의 스킬 난사가 다시 이어졌다.

"스턴은?"

"10초만!"

스턴을 지닌 유저들의 쿨타임이 돌아오면 같은 방식으로 놈을 공략했다. 그러는 와중 또다시 6분의 시간이 흘러 강화 스켈레톤의 HP가 모두 차올랐다.

강화 스켈레톤, 앞으로.

앞으로 나선 녀석이 목령을 공격했다.

검뼈3, 4도 주위에서 알짱거렸다.

검뼈3, 4 대기.

무혁은 일부러 검뼈3, 4를 남겼다. 목령의 상태를 보니 이제 죽음이 머지않은 것처럼 보였기 때문이다.

기여도를 올려야 되니까.

마침 목령이 공격을 시도했다.

콰직.

검뼈3, 4가 역소환당했다.

순위는?

[기여도 현황]

1위. 하늘(962)

2위. 사샤(920)

3위. 알로하(911)

4위. 검황(901)

5위……

–…….

9위. 무혁(712)

10위. 성민우(711)

무혁은 현재 9위였다. 1위와의 점수 차이가 무려 250이나 되었다.

으음…….

방법은 하나뿐이었다. 문제는 타이밍.

"거의 다 된 것 같은데?"

비틀거리기 시작한 목령의 상태는 누가 보더라도 확실히 정상이 아니었다.

"왔다!"

"마무리 짓자고!"

무혁이 보기에도 끝을 향해 치닫고 있었다. 무혁은 기여도를 위해 남은 스켈레톤을 모두 목령의 근처로 보냈다. 마침 녀석이 마지막 발악을 하면서 양손을 무차별적으로 휘둘렀다.

쿠콰과과과광!

주변 지형이 변할 정도의 파괴력이었다.

[1,469의 대미지를 입었습니다.]

['검뼈8'이 역소환됩니다.]

[기여도(30)가 상승합니다.]

[1,470의 피해…….]

['검뼈…….]

[기여도(30)가 상승…….]

무려 열 번의 메시지가 떠올랐다. 총 300의 기여도 상승! 덕분에 순위가 단번에 뒤집어졌다. 그와는 상관없이 유저들의 스킬 난사가 이어졌다.

콰아아앙!

강력한 폭발음 뒤로 들려오는 둔탁한 충격음.

쿠웅.

그것은 목령이 쓰러지는 소리였다.

[경험치가 상승합니다.]

[레벨이 상승합니다.]

['조폭 네크로맨서 로드'를 찾아가십시오.]

[기여도를 확인합니다.]

[기여도 1위를 달성하였습니다.]

레벨 50을 달성했다. 이제 새로운 스킬을 획득하기 위해 발시언을 찾아가야 했다. 물론 지금은 그것보다 기여도 1위로 확정되었다는 사실이 더 기뻤다.

좋았어!

무혁은 주먹을 강하게 쥐었다.

[보상을 선택해 주십시오.]

무혁의 눈앞으로 세 개의 상자가 떠올랐다.

첫 번째 상자는 대량의 경험치와 골드, 두 번째 상자는 전용 아이템, 세 번째 상자는 전용 스킬이었다.

으음…….

무엇을 선택해야 할까.

일단 첫 번째는 패스. 이미 빠른 레벨 업 속도를 자랑하는 무혁이다. 그러니 경험치를 선택할 필요가 없다. 골드도 그리 부족한 상황이 아니었고.

아이템이나 스킬인데…….

두 가지 모두 탐이 났다.

"하아."

고민은 짧았다. 아이템은 노력으로 구할 수 있다. 하지만 스킬은 다르다. 노력해도 구할 수 없다. 특히 전용 스킬. 그냥 스킬도 아니고 전용 스킬이었다.

내가 배워서 쓸 수 있다는 것…….

과연 뭘까?

무혁은 세 번째 상자를 선택했다.

[상자를 선택하였습니다.]

상자가 빠르게 돈다.

빛과 함께 스킬북이 손에 들어왔다.

[스킬북을 획득하였습니다.]

메시지는 눈에 들어오지 않았다.

뭘까, 뭘까…….

가슴이 거칠게 뛰었다. 무혁은 침을 꿀꺽 삼키며 스킬북을 펼쳤다.

[스킬 '죽은 자의 축복'을 습득합니다.]

조폭 네크 전용 스킬에 이런 게 있었나?

물론 전용 스킬이라고 해서 모두 배울 수 있는 건 아니다. 숨겨진 스킬이 일루전 대륙 곳곳에 있기에 발견되지 않은 스킬이 훨씬 더 많을 것이다.

죽은 자의 축복이라······.

기대 반 걱정 반으로 스킬을 확인했다.

[죽은 자의 축복 1Lv(0%)]

죽은 자에게는 회복의 축복(마법 공격력×300%)을, 산 자에게
는 죽음의 저주(마법 공격력×300%)를 내린다.

-쿨타임 : 30초

설명을 읽는 순간 세상이 멈춘 것만 같았다.

"아······."

그렇게도 원했던 공격 스킬이었다. 그리고 동시에, 회복 스
킬이었다.

마공의 300퍼센트라면······ HP 회복이 285! 그것도 30초마
다 가능하다니!

상당히 좋았다. 아니, 아주 좋았다. 회복 스킬이 없는 것으
로 알고 있던 네크로맨서였다. 그런데 이렇게 회복이 가능한
전용 스킬이 등장했으니 아주 흡족할 수밖에 없었다. 거기에
죽음의 대미지도 같은 수치였다. 상황에 맞춰 잘만 사용한다
면 엄청난 효용이 있으리라.

스킬 레벨이 상승하면 대미지 수치도 더 높아질 테니 무혁
에겐 가뭄의 단비와도 같았다. 드디어 그럴듯한 공격, 회복 스
킬이 생겨난 것이었으니까. 뒤늦게 희열이 올라왔다.

"오, 오오! 오오오오!"

옆에서 들리는 성민우의 포효만 아니었더라면 아마 조금 더 기쁨을 즐길 수 있었으리라.

성민우는 두 가지 상자가 나왔다.

경험치, 골드 상자와 아이템 상자. 당연히 후자를 택했다.

[듀얼 너클]
물리 공격력 +68
마법 공격력 +95
모든 스탯 +2
소환수 공격력 +5%
사용 제한 : 체력 30, 지식 20, 힘 20

상당히 좋은 옵션의 아이템이 나왔다. 옵션만 본다면 지금 당장 팔아도 500골드 이상은 받을 수 있을 수준이었다. 정말 필요한 누군가가 있다면 1천 골드 이상도 가능했다.

문제는 사용 제한이었다. 사용 제한이 세 개나 붙어서 가치가 많이 떨어졌다. 거기에 체력과 지식이 함께 있어서 더 난감했다. 사용 제한을 확인하는 순간 가치가 급락했다. 아마 많이 받아도 300골드 수준일 것이다.

"내가 쓰다가 팔아야겠다."

"그래?"

사용하다가 팔아도 충분하리라. 아니, 더 좋을지도 모른다. 무엇보다도 저 무기는 현재 성민우에게 아주 유용한 것이었기에 옳은 선택이라 볼 수 있었다.

"힘이랑 지식 올려주는 아이템 구입해서 도배해야겠네."

"잘 생각했어. 일단 듀얼 너클 착용하고 이후에 지식 올려주는 아이템 벗으면 되니까. 마침 나한테 몇 개 있으니까 조금만 더 사면 되겠네."

"고맙다. 근데 너 레벨 50이지?"

"응, 너는?"

"난 49."

"보스가 대단하긴 하네."

두 사람 모두 1개씩 레벨이 올랐으니.

하지만 성민우의 표정은 썩 좋지 않았다.

"하아, 미안하다."

50레벨 던전에 같이 입장하기 위해서 무혁은 당분간 레벨을 올려선 안 되기 때문이었다. 하지만 무혁은 크게 상관없는 표정이었다.

"뭐가?"

"너 레벨 올리면 안 되잖아."

"바보냐? 레벨만 안 올리면 되는 거야. 경험치는 올려도 돼."

"어……?"

그제야 깨달았다.

"아, 그렇네!"

"너 경험치 몇 퍼야?"

"나 3퍼센트."

"난 5퍼센트야. 내가 51 찍기 전에 네가 50 만들겠네. 그리고 난 퀘스트 때문에 잠깐 어디 들러야 하기도 하고……. 그사이에 네가 경험치 더 올려놓으면 되겠네."

"아하!"

"그럼 너는 계속 여기서 사냥하고 있어. 난 잠깐 갔다 올 테니까."

"그래, 오래 걸려도 상관없으니 천천히 와라."

무혁은 흑귀목의 숲을 벗어나기 위해, 성민우는 사냥을 위해 입구로 향했다.

길을 걷는 도중.

키르르?

흑귀목 한 마리가 리젠되었다.

"전사, 아처 소환."

"어스."

무혁은 화살을 날리자마자 스킬을 사용했다.

죽은 자의 축복.

그러자 손바닥에서 보라색 빛이 뿜어졌다. 그 빛은 찰나의 순간 흑귀목을 휘감으며 대미지를 가했다.

[184의 대미지를 입힙니다.]
[245의 대미지를 입힙니다.]

화살의 대미지와 스킬 대미지였다.

마법 방어력이 확실히 낮네.

무혁은 대미지를 확인하고 곧바로 강화 스켈레톤으로 흑귀목의 공격을 방어했다. 나머지 검뼈들은 지적에서 틈이 보일 때마다 검을 찔러 넣었다.

크리리릭!

멈추지 않는 공격에 흑귀목이 포효했다. 순간적으로 움직임이 빨라지며 옆에 있던 검뼈2를 밀어붙였다. 짧은 팔 두 개가 길어지며 검뼈2를 빠르게 타격했다.

키릭!

비틀거리는 검뼈2.

다시 한번 공격을 시도하는 흑귀목의 모습.

죽은 자의 축복.

무혁은 그 순간 검뼈2에게 스킬을 사용했다.

['검뼈2'의 HP(285)가 회복됩니다.]

덕분에 검뼈2가 역소환되지 않았다.

좋아! 강화 스켈레톤, 돌진!

옆에 위치하고 있던 강화 스켈레톤이 방패로 흑귀목을 밀었다. 그리고 이어진 활뼈의 연사와 성민우의 정령, 파이어까지.

[경험치가 상승합니다.]

흑귀목이 녹아버렸다.

정말 좋은데?

스킬의 효율에 반해버릴 정도였다.

●

오랜만에 찾은 헤밀 제국. 무혁은 전보다 훨씬 더 활발해진 헤밀 제국의 내부를 바라보며 걸음을 옮겼다.

좋네.

무수한 유저의 향연. 일부는 간판을 내걸고 장사를 하고 있었고.

"보고 가세요! 좋은 아이템 많아요!"

누군가는 파티를 구하고 있었다.

"레벨 40 넘는 원거리 딜러 구해요!"

"레벨 45 넘는 탱커 구합니다!"

"레벨 30 이상 사제 모셔요!"

광장에 다다를수록 사람에 치일 수밖에 없었지만 이런 것도 일종의 여유라고 생각하는 무혁이었다.

느긋하게 구경하다 광장에서 방향을 틀어 북쪽으로 나아갔다. 올라갈수록 건물들이 허름해졌다. 그 골목으로 깊이 들어간 무혁은 무너지기 직전의 집 앞에 멈췄다.

똑똑.

노크를 했으나 대답은 없었다.

그때도 그랬지…….

무혁은 웃으며 외쳤다.

"접니다, 스승님!"

그러자 문이 벌컥 열렸고 그 앞엔 미묘한 표정의 발시언 영감이 서 있었다.

"웬일이냐?"

"그냥요."

"크흠, 들어와라."

안으로 들어가 자리를 잡고 앉았다. 발시언 영감은 그런 무혁을 빤히 바라본다.

"호오, 꽤 성장했구나."

"노력했죠."

"뭐, 아슬아슬하긴 하다만 기준에 턱걸이는 했으니 찾아온 김에 시험 하나를 치르도록 해라."

"시험이요?"

"그래, 예로부터 조폭 네크로맨서는 마땅한 공격 스킬이 없었다. 오직 스켈레톤에만 집중한 탓이지. 덕분에 스켈레톤이야 아주 강해졌지만 정작 스스로는 나약해졌다. 그래서 몰두한 것이 기본 직업의 기본 스킬이다."

드디어 나왔다. 기다리던 그것.

"많은 이가 외면했으나 기본은 세상에서 가장 중요한 토대가 되는 법. 전대 로드께서는 그 기본 스킬을 익히고 또 익히셨다. 그리고 깨달았지. 세상에 나온 모든 것이 이 기본에서 시작되었다는 것을 말이다."

퀘스트가 떠올랐다.

[가장 근본이 되는 것]

[조폭 네크로맨서에겐 마땅한 공격 스킬이 없다. 그것을 보완하기 위해 전대 로드부터 심혈을 기울여 기본 직업의 기본 스킬을 익혀왔다. 기본 스킬을 익히기 전, 먼저 기본이 되는 직업부터 이해하라.]

[이해도 : 0%]

[성공할 경우 : 전대 로드의 기본 스킬 획득, 선물 획득]

[실패할 경우 : 평범한 기본 스킬 획득, 선물 획득]

발시언이 계속 말을 이었다.

"너는 먼저 기본이 되는 다섯 가지의 직업을 이해해야 한다. 이 시험을 통과한다면 마땅한 보상을 내리도록 하마."

"다섯 가지 직업이라면……?"

"기사, 마법사, 사제, 궁수, 무투가."

"어떻게 이해해야 합니까?"

"네 나름의 방법으로."

"……."

"한 가지 힌트를 주마. 함께여야 한다."

무혁은 고개를 끄덕였다.

"알겠습니다."

"그래, 그럼 이해하고 찾아와라."

"네."

그의 집을 나선 무혁이 씨익 웃었다.

다행이네, 똑같아서.

처음 이 퀘스트를 받은 이들은 광장에서 유저를 관찰했다고 한다. 하지만 이해도가 오르지 않아 각 직업의 길드를 방문했고 그곳에서 사범과 대화를 나누고 스킬을 구경하는 등 몇 시간에 걸쳐 겨우 이해도 몇 퍼센트를 상승시켰다.

이대로는 한 달을 붙잡고 있어도 안 될 것 같아 포기하는 마음으로 다시 사냥에 나섰다고 한다. 자연스러운 수순으로 파티를 구했고 그 파티에는 사제, 마법사, 궁수, 무투가, 기사가 있었다. 정말 우연하게도 이해해야 할 직업이 전부 있었던 것이다.

그리고 그들과 함께 몬스터를 사냥하는 순간 이해도가 급격하게 상승했다. 그들의 스킬을 직접 보고, 그들과 함께 행동하면서 이해도는 순식간에 100퍼센트를 달성했고 그 누군가는 50레벨에 익힐 수 있는 기본 스킬을 습득하여 승승장구했다는 설이다.

여기서 중요한 키포인트는 바로 다섯 가지 직업 모두 모였다는 점이다. 한 가지 직업이라도 없이 사냥을 한다면 이해도는 오르지 않는다.

발시언 영감의 힌트도 그와 같은 맥락이다. 함께여야 한다. 그것은 곧 다섯 직업 모두와 함께해야 한다는 소리였다.

그럼 파티를 구해볼까.

무혁은 다시 광장으로 향했다.

내가 구해야 하나?

기사, 궁수, 마법사, 사제, 무투가 전부가 있는 파티는 구하기가 어렵다. 가장 이상적인 조합이긴 하지만 무투가는 조금 천대받는 게 사실이었다. 차라리 무투가를 빼고 마법사 두 명이나 궁수 두 명을 데리고 가는 게 일반적이었다.

근데 그것도 쉽지가 않은데…….

파티를 구하는 것도 쉬운 일이 아니다.

"흐음……."

일단은 광장을 둘러보기로 했다.

"레벨 30 이상 마법사 모셔요! 탱커 대기 중!"

"오크 대전사 사냥 갑니다. 근접 딜러 아무나 오세요! 마법사 두 명 대기 중!"

"궁수 모십니다!"

역시 쉽게 찾을 수 없었다. 하지만 광장은 넓다. 조금 더 집중하면서 세심하게 살폈다.

"레벨 40 이상 탱커 모십니다. 사제, 마법사, 궁수, 기사 대기 중!"

그 순간 눈에 들어온 한 유저. 필요한 네 가지 직업이 모두 있었다.

"저기요."

"아, 네! 탱커세요?"

그는 무혁을 보자마자 대뜸 물었다.

탱커라…….

강화 스켈레톤이 있으니 탱커라고 할 수도 있지 않을까.

"네, 뭐…… 그보다 궁금한 게 있어서요."

"말씀하세요."

"무투가도 있나요?"

"아, 네. 제가 무투가예요."

"……!"

무혁의 표정이 변했다.

다섯 가지 직업이 다 있잖아?

그 변화를 다른 뜻으로 이해한 걸까. 자신을 무투가라고 말한 사내는 씁쓸하게 웃으며 입을 열었다.

"무투가까지 낀 조합이라 좀 그렇죠? 시작할 때 전부 다른 직업을 가지기로 한 터라……"

"아, 전부 친구예요?"

"네."

"무투가가 끼어서 싫다는 건 아니었어요. 그냥 특이해서요."

"아아."

"저도 파티 가입 될까요? 탱커 역할은 제대로 할 수 있을 것 같은데……"

"물론이죠! 일단 파티부터……"

"그러죠."

메시지가 떠올랐다.

['작살 조합' 파티에 가입하시겠습니까?]
[Yes/No]

이름이 독특했다.

작살 조합이라.

웃으며 예스를 선택했다.

[직업을 공개하시겠습니까?]

[Yes/No]

[레벨을 공개하시겠습니까?]

[Yes/No]

무혁은 레벨만 공개했다.

"아, 가입되었네요. 가실까요?"

"네, 근데 무슨 몬스터를 잡는 거죠?"

"기사랑 둘이서 탱킹을 전담하셔야 할 텐데, 일단 수준을 보고 정할 생각이에요."

"그렇군요."

고개를 끄덕이며 파티창을 열었다. 무투가 47레벨, 기사 45레벨, 사제 43레벨, 마법사 46레벨, 궁수 45레벨. 레벨은 고루 분포되어 있었다.

무투가가 가장 높네.

그사이 여관에 도착했다.

"모두 여기서 기다리고 있습니다."

안으로 들어가자 만두와 술을 한잔하고 있는 네 명의 유저가 보였다.

"여, 왔어?"

"오, 저분이야?"

"응, 탱킹에 자신이 있으시대."

"오호!"

무혁은 그들과 인사를 나눴다.

"파티장을 맡고 있는 무투가, 디오입니다."

"전 실베아예요. 사제랍니다."

"전 한아름이구요, 마법사예요."

"원샷원킬입니다."

이름만으로 궁수임을 알 수 있었다.

마지막으로 45레벨의 기사, 덩치가 꽤 있는 사내가 나섰다.

"직업은 기사, 닉네임은 피통."

인사가 끝났다. 그제야 무혁이 살짝 고개를 숙였다.

"무혁입니다."

"에, 직업은요?"

아무래도 이젠 밝혀야 할 것 같았다.

뭐라고 하지?

여러 가지 생각이 교차한다. 그러다 튀어나온 말.

"탱크로맨서입니다."

"네……?"

"탱크로맨서요?"

미묘한 적막감이 흐른다.

내가 생각해도 좀…….

확실히 탱크로맨서라는 직업은 어이가 없었다. 그래도 어쩌겠는가. 이미 뱉어버린 이상 우길 수밖에.

"네, 시크릿 직업이죠."

"이름이 어째 조금……."

"네크로맨서 같은 느낌이 드는데요?"

이대로 있으면 귀찮아질 것 같았다. 무혁은 서둘러 그들을 이끌었다.

"일단 나가죠. 어차피 탱킹 능력 알아본다고 했잖아요?"

"아, 그렇긴 한데……."

무혁이 여관을 나섰다. 별수 없이 나머지 다섯 유저가 그 뒤를 따랐다.

헤밀 제국의 동문은 시작부터 레벨 30의 몬스터가 등장한다. 조금만 나아가도 30 중후반부터 40레벨 초반대의 몬스터가 즐비하다.

무혁은 그 중에서 레벨 42를 자랑하는 미노타우르스와 마주한 상태였다.

사람의 몸에 소의 머리가 달린 몬스터. 거대한 뿔이 위압적으로 느껴지는 녀석은 콧김을 거칠게 뿜어내며 무혁에게 달려들었다.

"소환."

소환된 검뼈 10마리.

그 모습에 파티원들의 표정이 일그러진다.

"뭐야, 소환? 진짜 네크로맨서네."

"그것도 겨우 스켈레톤을······."

"그래도 한 마리는 특이하긴 하네."

유독 눈에 들어오는 한 마리의 스켈레톤. 마치 뼈의 갑옷을 입은 것만 같은 녀석이 미노타우르스의 돌진을 방패로 막아냈다.

콰앙!

거대한 소리와 함께 먼지가 치솟았다. 그리고 얼마 지나지 않아 먼지가 걷히는 순간, 한 걸음도 물러서지 않은 채 미노타우르스와 공방을 벌이는 강화 스켈레톤의 모습이 눈에 들어왔다.

그것을 지켜보던 파티원들의 눈빛이 변했다.

막았어? 그것도 아무렇지도 않게?

또다시 이어지는 미노타우르스의 공격. 하지만 이번에도 강화 스켈레톤은 무리 없이 막아냈다.

디오가 웃었다.

"대단한데?"

"으음······."

"인정할 건 해야지."

그의 말에 모두가 고개를 끄덕였다.

"어떤 것 같아, 피통?"

"스킬을 제외하고 보자면 저 특이한 스켈레톤 한 마리가 나하고 비슷할 것 같은데."

"허얼, 진짜?"

"그 정도야?"

그렇게 말한 피통의 표정은 좋지 않았다. 자존심 때문이었다.

아니, 사실은 나보다 더 좋으려나……:

하지만 인정하고 싶지 않았다.

스킬을 쓰면 내가 훨씬 나아.

그 와중에도 미노타우르스는 무차별적으로 몽둥이를 휘둘렀다. 검뼈들의 상태가 조금씩 나빠졌다.

"어, 쟤는 역소환되겠다."

실베아의 말처럼 검뼈8은 아슬아슬한 상태였다. 이미 양쪽 팔이 부서진 상황.

검도 방패도 들지 못하고 있는 그때 보라색 빛이 무혁에게서 뿜어지더니 검뼈8을 휘감았다. 그러자 거짓말처럼 양쪽 팔이 다시 생성되었다.

키리릭!

치유 스킬!

"대박, 치료까지 되네."

이젠 인정하지 않을 수가 없었다. 그때 무혁이 고개를 돌렸다.

"끝내도 되죠?"

"네?"

"미노타우루스, 이제 처리해도 되냐고요."

"아, 네. 그렇긴 한데⋯⋯."

무혁은 말을 다 듣지 않은 채 다시 정면을 봤다. 그리고 아처들을 소환했다.

"어, 궁수?"

"스켈레톤 아처네⋯⋯."

아처들이 쏘아 보낸 다섯 대의 **뼈** 화살. 연이어 또다시 **뼈** 화살이 쏟아지면서 총 열 대가 되었다. 그중에 여덟 대가 미노타우루스의 얼굴과 몸에 꽂혔다.

순간 움찔거리는 미노타우루스. 그 틈을 노리며 강화 스켈레톤과 검뼈들이 달려들었다. 방어에만 치중하던 스켈레톤이 공격으로 전환하니 미노타우루스의 HP가 순식간에 바닥으로 치달았고 이내 힘을 잃고 옆으로 쓰러졌다.

[경험치가 상승합니다.]

42레벨의 미노타우루스. 현재 50레벨을 자랑하는 무혁에게는 너무나 쉬운 상대였다.

디오가 동료들을 바라봤다. 다들 벙찐 표정이었다. 말은 못하고 있지만 모두가 같은 생각이리라.

무슨 네크로맨서가 저따위로 센 거야⋯⋯?

그나마 가장 먼저 정신을 차린 디오가 말을 건넸다.

"자자, 정신 차리고. 어때 보여?"

"으음, 피통이랑 같이 하면 40레벨 후반대도 괜찮을 것 같은데?"

"나도 같은 생각이야."

"그럼 최근 목표로 잡았던 흑오크로 하자."

파티원의 동의를 얻어낸 디오가 무혁에게 다가갔다.

"아주 잘 봤습니다."

"아, 네."

"정말 탱크로맨서라는 직업에 어울리는 실력이네요. 스켈레톤들이 이 정도로 방어를 잘할 줄은 생각도 못 했거든요. 게다가 공격력도 장난이 아니던데요."

무혁은 그저 웃었다.

"아무튼 피통과 함께하면 흑오크도 무리가 없을 것 같습니다."

"흑오크라……."

일반 오크보다 높은 HP에 두 배는 빠른 움직임을 지닌 녀석이다. 그래도 문제가 될 건 없었다.

"좋습니다."

무혁의 대답에 디오가 웃으며 외쳤다.

"자, 그럼 흑오크 잡으러 가 보죠!"

어차피 무혁에겐 이들과의 사냥 그 자체가 중요한 것이었으니까.

흑오크와의 전투가 이어졌다.

디오의 스킬 공격, 실베아의 치유 마법, 한아름의 마법 공격, 원샷원킬의 하늘을 뒤덮는 무수한 화살, 피통의 강력한 탱킹과 무혁의 검뼈들.

크워어어어!

놈이 아무리 발광해도 이들에겐 그저 먹잇감일 뿐이었다.

[이해도(2%)가 상승합니다.]

[이해도(1%)가 상승합니다.]

[이해도(1.5%)가 상승합니다.]

전투 도중에 오르는 이해도가 상당했다. 이제 겨우 다섯 마리의 흑오크를 사냥했을 뿐인데 벌써 30퍼센트에 도달했다.

"무난하네요. 두 마리씩 상대해 볼까요?"

"괜찮을 것 같은데?"

모두 무혁을 쳐다봤다. 고개를 끄덕여 줬다.

"좋습니다. 원킬아, 두 마리만 몰아줘."

"그래."

궁수인 원샷원킬이 주변을 돌아다니며 흑오크를 유인했다. 정확히 두 마리였다.

"준비!"

디오가 외쳤다.

무혁도 다시 스켈레톤을 소환한 후 강화 스켈레톤과 검뼈를 선두에 세웠다.

원샷원킬이 지나가고 달려드는 흑오크를 향해 강화 스켈레톤과 피통이 달려들었다. 공격을 받은 흑오크가 단숨에 목표물을 둘로 바꿨다.

캉, 카강!

방패로 막아도 HP는 줄어들고 있었다.

죽은 자의 축복.

보랏빛이 뻗어 나가고.

['강화 스켈레톤'의 HP(285)가 회복됩니다.]

줄었던 HP의 일부가 차올랐다.

"공격!"

마침 디오가 지시를 내렸고 대기하던 한아름과 원샷원킬이 강력한 스킬을 사용했다.

콰아앙!

흑오크가 비틀거린다.

"다시 방어!"

사제 실베아는 피통을 집중적으로 전담했다.

"힐! 그레이트 힐!"

무혁은 쿨타임이 돌아올 때마다 강화 스켈레톤을 치유했

다. 그사이 한아름과 원샷원킬의 기본 공격과 자잘한 스킬이 이어졌고 그들이 강력한 스킬을 다시 사용할 수 있게 되었을 때 곧바로 디오가 외쳤다.

"공격!"

또 한 번 퍼부어지는 스킬의 향연.

[경험치가 상승합니다.]
[이해도(2%)가 상승합니다.]

경험치와 이해도의 상승은 물론이고.

"사체 분해."

놈들의 사체에서 획득하는 재료는 덤이었다.

무혁은 퀘스트를 확인했다.

[가장 근본이 되는 것]

[조폭 네크로맨서에겐 마땅한 공격 스킬이 없다. 그것을 보완하기 위해 전대 로드부터 심혈을 기울여 기본 직업의 기본 스킬을 익혀왔다. 기본 스킬을 익히기 전, 먼저 기본이 되는 직업부터 이해하라.]

[이해도 : 98.7%]

[성공할 경우 : 전대 로드의 기본 스킬 획득, 선물 획득]

[실패할 경우 : 평범한 기본 스킬 획득, 선물 획득]

이해도가 1.3퍼센트 남은 상태였다.

마침 흑오크 두 마리를 유인해 온 원샷원킬.

스켈레톤과 피통이 방어를 하고.

"공격!"

스킬이 퍼부어졌다.

역시 이해도가 빠르게 올랐다. 1.1퍼센트만이 남은 상황.

이 녀석들만 처리하면 되겠는데?

다시 방어.

그리고 스킬의 난사.

이제 0.1퍼센트.

"파이어 볼!"

마침 마법이 발현되었고.

[이해도 100퍼센트 완료.]

그렇게 마무리가 되었다. 무혁은 서둘러 흑오크를 처리한 후 파티원들에게 양해를 구했다.

"아쉽네요."

"다음에 기회가 되면 볼 수 있겠죠."

"뭐, 바쁘시다니 어쩔 수 없죠. 그래도 친구 추가는 되겠죠?"

"그럼요."

친구 추가를 마친 무혁은 파티를 탈퇴한 후 곧바로 헤밀 제국으로 돌아갔다.

약 30분을 걸어 헤밀 제국에 도착한 무혁은 광장을 지나 북쪽 골목, 발시언 영감의 집 앞에 멈췄다.

"저 왔습니다."

이번에는 곧바로 문이 열렸다.

벌컥.

발시언 영감이 무혁을 쳐다본다.

"포기한 거냐?"

"예?"

"벌써 이해하진 못했을 테고……."

확실히 빠르게 클리어하긴 했다.

"다 했는데요."

"자만심이 지나치면 독이 되는 법이다."

"확인해 보시면 되겠죠."

"흐음, 들어와라."

안으로 들어가 자리에 앉자마자 발시언 영감이 무혁에게 손을 뻗었다. 그러자 그의 손에서 빛이 뿜어져 나왔고 그 빛은 무혁을 감쌌다.

발시언 영감은 잠시 바라보더니 조금 놀란 표정을 지었다.

"호오……."

감탄이라고나 할까.

"정말 이해했구나. 그것도 전부."

"네."

"빠르군……."

그 말과 동시에 메시지가 떠올랐다.

[퀘스트 '가장 근본이 되는 것'을 완료합니다.]

발시언 영감도 의외였던 모양이다.

"흐음, 좋다. 아무튼 시험을 통과했으니 합당한 보상을 줘야 겠지."

그 말과 함께 다섯 권의 책을 꺼냈다. 스킬북이었다.

"이건 네 녀석이 이해한 직업의 가장 근본이 되는 스킬을 선 대 로드께서 조금 개조한 것이다."

무혁은 알고 있다. 다섯 가지 전부를 익힐 순 없음을.

"이 중에 두 가지를 골라라."

일부 유저는 여기서 폭발했다고 한다.

왜? 도대체 왜? 다섯 가지가 있는데 왜 두 가지만!

퀘스트에는 분명 스킬 획득이라고만 되어 있다.

생각해 보라. 다섯 가지를 보여주면 누구나 다섯 가지 전부를 원하게 마련이다. 그런데 그중 두 가지만 선택할 수 있다니. 그런 조건은 퀘스트 창 어디에도 없지 않은가. 그렇다고 그에 대해 항의하면 발시언은 말할 것이다.

전부 준다는 말도 한 적이 없다고.

무혁이야 애초에 이런 사실을 모두 알고 있었기에 전혀 놀라지도, 흥분하지도 않았다. 그 모습을 꽤나 묘하게 바라보던 발시언 영감이 드디어 책을 펼쳤다.

그러자 허공에 스킬의 정보가 나타났다.

[강력한 휘두르기 1Lv(0%)]
검사의 기본이 되는 스킬로 개량되어 잠재력이 높아졌다.
-기본 대미지×130%
-소모 MP : 20
-쿨타임 : 10초

[강력한 활쏘기 1Lv(0%)]
궁수의 기본이 되는 스킬로 개량되어 잠재력이 높아졌다.
-기본 대미지×120%
-소모 MP : 15
-쿨타임 : 10초

[명상 1Lv(0%)]

사제의 기본이 되는 스킬로 개량되어 잠재력이 높아졌다.

-MP 회복률(5) 상승

[작은 도서관 1Lv(0%)]

법사의 기본이 되는 스킬로 개량되어 잠재력이 높아졌다.

지식 1개에 따라 마법 공격력(0.1), 마법 방어력(0.1)이 상승한다.

[스텝 1Lv(0%)]

무투가의 기본이 되는 스킬로 개량되어 잠재력이 높아졌다. 순간적으로 빠른 움직임이 가능하다.

-이동속도 +10%

-소모 MP : 50

-쿨타임 : 60초

솔직히 전부 다 탐났다. 하지만 여기서 두 가지만을 택해야 한다. 이미 사전에 생각을 해둔 것이 있음에도 불구하고 직접 보게 되니 다른 스킬들도 욕심이 났다.

저 다섯 가지 전부 다 있으면 끝내줄 텐데…….

그럴 수 없음을 알기에 한숨만 나왔다.

하아…….

무혁은 흔들리는 마음을 바로잡기 위해 눈을 감았다.

강력한 휘두르기. 있으면 좋지만 소환수가 갈수록 늘어나는 무혁은 근접에서 싸울 일이 거의 없다. 그러니 배제해도 좋았다.

스텝은 필요하다. 활을 쏜다고 해도 움직여야 할 필요는 있는 법이니까. 하지만 스텝과 관련된 스킬은 따로 생각해 놓은 것이 있었기에 패스했다.

결국 남은 건 세 가지다.

강력한 활쏘기, 명상, 작은 도서관.

그래, 애초의 계획대로 가는 게 맞아.

날이 갈수록 부담이 되는 MP. 그것의 회복을 도와줄 명상은 필수다. 그리고 마땅한 공격 스킬이 없는 무혁에게는 개량된 강력한 활쏘기 역시 반드시 있어야만 한다. 활쏘기 스킬은 거기서 끝나는 것이 아니라 마스터를 할 경우 새로운 스킬로 진화하게 될 테니까.

작은 도서관도 물론 좋다. 지식 1에 마공, 마방이 0.1씩 오른다. 마스터가 되면 1당 1씩 오를 것이다. 지식이 50이라면 마공과 마방이 50씩 추가로 오르는 것이니 누가 마다할까.

하지만 무혁에게는 작은 도서관 스킬의 이로움보다는 명상과 활쏘기 스킬의 이로움이 조금 더 컸다.

"강력한 활쏘기, 명상을 선택할게요."

"흐음, 후회는 없고?"

"네."

"좋다."

스킬북 두 개를 건네받았다. 그때 발시언이 또 다른 스킬북 두 가지를 품에서 꺼냈다.

"받아라. 이건 특별 선물이다."

"감사합니다."

그렇게 총 네 권의 스킬북을 챙겼다. 이 자리에서 바로 익히고 싶었지만 참았다.

"귀찮으니 나가봐. 조금 더 실력을 키워서 찾아오도록 하고."

"네, 다음에 찾아뵙겠습니다."

자리에서 일어난 무혁은 방에서 나가려다 슬쩍 고개를 돌려 발시언 영감을 쳐다봤다. 그는 관심이 없다는 듯 등을 돌린 채 무언가를 하고 있었지만 왠지 그 뒷모습에서 쓸쓸함이 느껴졌다.

으음······.

괜히 가슴 한구석이 찔렸다.

종종 찾아뵈야겠네.

그런 생각을 하며 집을 나섰다.

"후아."

긴 호흡을 뱉어내며 인벤토리에 넣어둔 스킬북 하나를 꺼냈다.

책을 펼치는 순간.

[스킬 '강력한 활쏘기'를 습득합니다.]

다음은······.
또다시 스킬북 하나를 꺼내어 배웠다.

[스킬 '명상'을 습득합니다.]

이것도 중요하지만 이보다 더 중요한 스킬을 배울 차례였다.
특별 선물이라며 받은 두 개의 스킬북. 그중에 하나를 펼쳤다.

[스킬 '강화 뼈 조립'을 습득합니다.]
[기존의 뼈 조립과 연관성이 있습니다.]
[하위 스킬 '뼈 조립'이 사라지고 상위 스킬 '강화 뼈 조립'만이
남습니다.]

강화 뼈 조립. 두개골을 50레벨이 되어 교체하려 했던 이유
가 바로 이것이다. 강화 뼈 조립으로 교체를 해야 스켈레톤이
2차 진화까지 가능하기 때문이다.
마지막 스킬북을 꺼냈다.
두근두근.
이미 알고 있음에도 가슴이 떨렸다.

[스킬 '스켈레톤 메이지 소환'을 습득합니다.]

메시지가 시야를 가득 채웠다.

오늘 배운 스킬들을 확인했다.

[강화 뼈 조립]

뼈 조립의 강화판이다. 단지 스켈레톤의 뼈를 갈아치우는 것뿐만이 아니라 새로운 형태로의 변화가 가능하다. 단, 새로운 형태의 크기가 너무 클 경우 제약이 있을 수 있다.

[스켈레톤 메이지 소환 1Lv(0%)]

마법에 소질이 있는 스켈레톤 1마리를 소환할 수 있다. 기술의 레벨이 높아질수록 소환 가능한 숫자와 10초당 소모되는 MP가 증가한다.

-10초마다 소모되는 MP : 한 개체당 마나 1

[강력한 활쏘기 1Lv(0%)]

궁수의 기본이 되는 스킬로 개량되어 잠재력이 높아졌다.

-기본 대미지×120%

-소모 MP : 15

-쿨타임 : 10초

[명상 1Lv(0%)]

사제의 기본이 되는 스킬로 개량되어 잠재력이 높아졌다.

-MP 회복률(5) 상승

아주 만족스러웠다.

문제는 하나.

MP가 더 많이 소모되겠네.

전사랑 아처가 개체당 3씩. 총 15마리니까 10초당 45의 MP가 소모되고 여기에 메이지를 더하면 46이 된다. 1분이면 276이 소모된다.

명상과 회복률 옵션을 지닌 아이템 덕분에 현재 MP의 분당 회복률은 182다. 그래도 결국 1분마다 94의 MP가 줄어드는 셈이었다.

흐음.

현재 MP가 2천이 넘으니 25분 정도는 소환을 유지하는 것이 가능했다. 아니, 강력한 활쏘기와 죽은 자의 축복을 사용하는 것까지 감안한다면 20분 정도일까.

그 정도면 충분하지 않냐고? 대답은 '아니요'다. 목령과 같은 필드 보스 한 마리를 사냥하는 데 걸리는 시간이 최소 30분이다. 그것도 실력 있는 유저 수십이 모였을 경우다.

게다가 레벨이 높아질수록 보스 몬스터는 기하급수적으로 강력해진다. 한 시간 이상은 물론이고 두 시간의 전투가 기본이 되는 날이 반드시 올 것이다.

그렇기에 무혁은 MP 회복률을 무조건적으로 더 높여야만 했다. 지식과 지혜에 보너스 포인트를 사용하지 않고서 말이다.

결국 믿을 건 명상이랑…… 그로이언의 세트 아이템.

그것뿐이었다.

MP 회복률 반지랑 팔찌, 발찌도 사야겠어.

무혁은 경매 시스템을 켜서 반지 2개와 팔찌 1개, 발찌 1개를 구입해 총 15의 MP 회복률을 올렸다.

돈이 빠르게 줄어들었지만 소환할 수 있는 시간을 늘리기 위해선 별수 없었다.

착용해 볼까.

현재 끼고 있는 반지는 8개. 거기에 반지 2개를 더 착용해서 손가락 10개를 모두 채웠다. 팔찌와 발찌 역시 곧바로 착용했다. 덕분에 MP의 분당 회복률이 262로 증가했다.

그러면…… 1분에 14의 MP가 소모되는 건가.

이제 적어도 1시간 40분에서 길게는 2시간가량의 소환 유지가 가능해졌다. 하지만 이 또한 스켈레톤 소환의 레벨이 높아지게 되면 1시간으로, 30분으로 빠르게 줄어들 것이다.

3시간 이상은 유지해야 하는데…….

지금으로선 할 수 있는 게 없었다.

후우, 일단은 수련관부터 갈까.

레벨 50을 달성했기 때문에 제2차 수련관을 반드시 가야만 했다.

무혁은 수련관으로 출발하기 전 성민우에게 메시지를 보냈다.

[무혁 : 퀘스트 때문에 3일 정도 시간이 필요한데, 너 지금 경험치 몇이야? 50 찍으려면 얼마나 걸릴 것 같아?]

답장을 기다리는 동안 검뼈2를 진화시키기로 했다.

"스켈레톤 전사 소환."

전부 소환된 스켈레톤들.

강화 스켈레톤을 제외한 나머지는 한 마리만 남겨놓고 역소환을 했다.

남은 두 마리.

무혁은 검뼈2를 바라보며 인벤토리에서 다크나이트의 두개골을 꺼냈다. 이후 검뼈2의 두개골에 손을 올렸다.

강화 뼈 조립.

툭 하고 두개골이 떨어졌다.

빈자리에 다크나이트의 두개골을 꽂았다.

['검뼈2'의 '두개골'이 바뀝니다.]

[진화를 시작합니다.]

검뼈1이 강화 스켈레톤으로 진화했을 때와 거의 같았다.

앙상했던 뼈가 굵어지면서 전신을 휘감았다. 뼈로 된 갑옷을 입은 것처럼 든든해졌다.

['강화 스켈레톤'으로의 변화를 마칩니다.]

['어둠' 계열입니다.]

['다크나이트'의 특성이 적용되어 힘(5)과 민첩(5)이 상승합니다.]

[HP(170)와 MP(170)가 상승합니다.]

[공격력(15)이 상승합니다.]

[방어력(10)이 상승합니다.]

[마법 방어력(20)이 상승합니다.]

[공격 속도(2퍼센트)가 상승합니다.]

[이동속도(2퍼센트)가 상승합니다.]

[반응속도(1.5퍼센트)가 상승합니다.]

[모든 스탯(2)이 상승합니다.]

리자드맨 나이트와는 조금 달랐다. 특성이 힘, 민첩이었으며 방어력보다 공격력이 더 높게 증가했다.

마방은 무려 20이네.

공격력과 이동속도가 검뼈1보다 조금 낮게 성장한 대신 반응속도가 0.5퍼센트 더 증가했다.

절로 미소가 그려졌다. 2미터가 넘어가는 큰 키에 단단한 갑옷 같은 뼈. 어마어마하게 성장한 두 마리의 강화 스켈레톤이 눈앞에 있으니 어찌 즐겁지 않을까.

이름을 지어야겠네.

한 마리일 때야 그냥 넘어갔지만 두 마리가 되었으니 이름이 필요했다.

흐음, 간단한 게 최고지.

고민은 길지 않았다.

강화뼈로 하자.

그렇게 강화뼈1과 2가 탄생했다.

소환수 창.

스켈레톤들의 상태가 나온다.

그중 강화뼈 1과 2를 집중해서 살폈다.

이름 : 강화뼈1

레벨 : 45

HP : 1,910 / MP : 825

힘 : 28 / 민첩 : 26 / 체력 : 42

지식 : 11 / 지혜 : 12

물리 공격력 : 84+57

물리 방어력 : 57+8 / 마법 방어력 : 26

공격 속도 : 128+5%

이동 속도 : 114+5%

반응 속도 : 102.6+1%

이름 : 강화뼈2

레벨 : 45

HP : 1,665 / MP : 825

힘 : 31 / 민첩 : 28 / 체력 : 35

지식 : 11 / 지혜 : 12

물리 공격력 : 98+57

물리 방어력 : 45+8 / 마법 방어력 : 21

공격 속도 : 131+2%

이동속도 : 115.5+2%

반응속도 : 102.8+1.5%

체력과 방어력은 강화뼈1이 높았고 공격력은 강화뼈2가 조금 더 높았다. 그렇다고 강화뼈2의 체력이 낮은 건 또 아니었다.

두 마리의 스켈레톤 모두가 엄청난 능력치를 지니게 된 것이다.

그동안의 노가다가 빛을 봤다고 생각하니 그저 기쁠 뿐이었다. 조금씩이지만 성장하고 있다.

언젠간 전부 강화 스켈레톤이 되겠지.

그날을 가만히 상상해 봤다.

여기에 아이템까지 착용하면…….

그 순간이었다.

아, 다크나이트 세트!

무혁은 인벤토리 구석에 고이 모셔뒀던 다크나이트 세트 아이템을 꺼냈다. 전신 갑옷과 투구, 그리고 신발까지.

스켈레톤이 진화하면서 골격이 사람과 흡사해졌다. 그 덕분에 아이템 착용이 가능해졌다. 무혁은 곧바로 강화뼈2에게 세 가지 아이템을 입혔다.

새하얗던 뼈가 검은색 장비로 가려지면서 기묘한 분위기를 풍겼다.

오호…….

능력치의 변화는?

이름 : 강화뼈2

레벨 : 45

HP : 1,665 / MP : 825

힘 : 34 / 민첩 : 31 / 체력 : 44

지식 : 11 / 지혜 : 12

물리 공격력 : 107+57

물리 방어력 : 54+40 / 마법 방어력 : 21

공격 속도 : 134+2%

이동속도 : 117+2%

반응속도 : 103.1+1.5%

-다크나이트 세트 효과 : 어둠 속에서 모든 능력치 5퍼센트 상승

이젠 정말 강화뼈1보다 확연하게 강해졌다. 심지어 무혁과 비교해도 꿀리지 않았다.

세트 효과까지…….

만족감이 머리끝까지 차올랐다.

성민우에게서 답장이 왔다.

[강철주먹 : 어, 지금 사냥 중이고 경험치는 15퍼센트야. 아마 4일 정도 걸릴 것 같은데…….]

역시 예상대로였다.

충분해. 그 정도 시간이면 제2차 수련관 퀘스트를 깨기에 부족함이 없으리라.

성민우와 같이 하면 더욱 좋겠지만 그는 1차 수련관 퀘스트를 깨지 않은 상태였기에 2차 수련관 퀘스트를 받을 수가 없었다.

[무혁 : 그래, 그럼 나 퀘스트 깨고 보자.]

무혁은 성민우에게 메시지를 보낸 후 워프게이트로 향했다.

"어서 오십시오!"

"비르 왕국으로 보내주세요."

"1골드입니다!"

눈을 감았다 뜨니 어느새 비르 왕국이었다.

곧바로 안내원에게 말했다.

"붐바 마을로 갈게요."

1골드를 건네자 워프게이트 안내원이 주문을 외웠다.

후우우웅.

약간의 어지러움과 함께 눈을 뜬 무혁은 붐바 마을의 중앙으로 향했다.

아직 발달의 정도가 미미할 뿐 아니라 주변 몬스터의 수준역시 너무 높아 유저의 수가 그리 많지 않았다.

넓지는 않으나 갖출 건 모두 갖춘 마을, 그 구석진 곳에 위치한 작은 수련관이 보인다.

저벅.

무혁이 그곳으로 들어섰다. 꾸벅꾸벅 졸고 있던 교관이 인기척에 고개를 번쩍 들었다.

"으, 으음……?"

입가에 묻은 침을 닦으며 몸을 일으켰다. 다가온 무혁을 바라보던 그.

"이방인인가?"

"네."

"크흠, 여긴 무슨 일이지?"

썩 반기는 눈치는 아니었다.

뭐, 당연하겠지.

많은 유저가 호기심에 이곳에 들렀을 것이다. 그리고 그들은 하나같이 무의미해 보이는 퀘스트와 지극히도 낮은 보상을 보며 교관을 욕하거나 무시하며 되돌아갔으리라.

"수련을 하고 싶습니다."

"수련? 흐음, 그다지 도움이 되진 않을 텐데."

무혁은 웃었다.

"아르센 왕국의 수련관에서 1차 시험을 완료했었습니다."

그 말에 교관의 눈빛이 변했다.

"아르센 왕국?"

"네."

"그 무뚝뚝한 카르벤의 시험을?"

그 교관의 이름이 카르벤이었던가?

기억이 나지 않는다.

"이름은 모릅니다."

"아, 그렇겠군. 손 좀 줘보게."

"예."

교관이 무혁의 손을 잡더니 고개를 끄덕였다.

"호오, 확실히 그 친구의 힘이 느껴지는군."

그 친구의 힘? 무엇으로 느끼는 걸까. 칭호인가?

의문이 들었으나 크게 신경 쓰지 않아도 될 일이다. 무혁은 이곳에서 두 번째 수련만 받으면 그만이니까.

"좋아, 자네라면 받아들이지."

"감사합니다."

"먼저 소개부터 하지. 난 이안일세."

"무혁이라고 합니다."

"좋아, 일단 저 허수아비를 자네의 기술을 사용해서 공격해 보게. 일정 수준이 되었다 싶으면 내가 지켜보다가 멈추란 지시를 내리도록 하지."

"알겠습니다."

퀘스트가 떠올랐다.

[제2단계 수련관 퀘스트]

[기술을 사용해 허수아비를 공격하여 교관에게 인정받아라.]

[성공할 경우 : 마법진 발동]

[실패할 경우 : 재도전 가능, 연계 퀘스트 불가능]

[퀘스트를 수락하시겠습니까?]

무혁은 현재 자신의 상태를 확인했다. 컨디션은 좋고, 포만도도 높은 상태였다.

예스.

퀘스트를 수락하자 교관이 무혁을 이끌었다.

"사용할 수 있는 모든 스킬을 사용하길 바라네."

"네."

교관이 물러나자마자 무혁은 스켈레톤을 모두 소환했다.

"스켈레톤 전사 소환."

강화뼈1, 2와 검뼈들이 나타났다.

"스켈레톤 아처 소환."

다섯 마리의 궁수와.

"스켈레톤 메이지 소환."

마지막으로 한 마리의 마법사까지.

녀석은 특이하게도 양손이 푸르렀다.

물 속성이네.

손의 색에 따라 계열이 나뉜다. 붉은빛을 발하면 불, 지금처럼 푸르다면 물, 녹색은 독, 스파크가 일면 전기.

떠오르는 잡념을 지우며 공격을 명령했다.

"후우……"

무혁 역시 시위에 화살을 걸고 강력한 활쏘기 스킬을 사용했다. 그러자 끝까지 당겼다고 여겼던 시위가 보다 더 당겨지더니 끊어질 것처럼 팽팽하게 변했다.

시위를 놓는 순간.

파아앙!

평소보다 더 강력한 소리와 함께 화살이 쏘아졌다.

[277의 대미지를 입힙니다.]

허수아비의 경우 방어력이 없어 대미지가 가감 없이 전부 꽂힌다. 그 덕에 크리티컬이 뜨지 않았음에도 300에 가까운 대미지가 들어갔다. 만족스러웠다.

자, 다시.

집중해서 화살을 몇 번이고 쏘아댔다. 쿨타임이 돌아오면 강력한 활쏘기 스킬을 날렸다. 약 다섯 번을 반복했을 즈음 강력한 활쏘기가 겨냥했던 부위, 머리에 제대로 꽂혔다.

짜릿하게 느껴지는 손맛과 함께 올라오는 메시지.

[크리티컬이 터집니다.]
[554의 대미지를 입힙니다.]

처음으로 뜬 500대의 대미지였다.

오오……!

절로 흥에 겨웠다. 정확도도 조금씩이지만 올라가고 있었다.

좋아!

그러다 문득 스켈레톤들의 난잡한 움직임이 눈에 들어왔다.

어차피 수련하는 거 효율이 더 높아지면 좋겠다는 생각에 무혁은 화살을 쏘면서 지휘하는 것을 연습하기 시작했다. 당연히 명중률은 극악으로 떨어졌고 지휘도 제대로 이뤄지지 않았다.

사냥할 때도 항상 지휘를 할 때는 허공을 겨냥한 채 시위만 당겨놓은 상태거나 혹은 아무런 움직임도 취하지 않을 때가 많았다. 화살을 쏠 때는 잠깐이지만 지휘를 완전히 놓아버리기 일쑤였고.

고쳐야 해.

집중을 하게 되면 시야에 들어오는 주위의 것들을 인식하지 못한다.

리모컨이 좋은 예가 될 수 있다. 분명히 손에 들려 있음에도 불구하고 찾아야 한다고 집중을 하게 되면 그 외의 것이 눈에 잘 들어오지 않는다. 분명 시야에는 스스로의 손과 그 손에 들린 리모컨도 들어온다. 하지만 인식되지는 않는다. 한참을 헤매다가 찾아야 한다는 집중의 세계가 깨어지면 그때서야 손에 리모컨이 있음을 인식하며 한탄하고는 한다.

마찬가지다. 화살을 쏠 때, 목표물을 겨냥할 때. 분명히 집중은 그 목표물이 된다. 하지만 시야의 나머지 부분에는 분명 스켈레톤의 움직임이 들어오게 마련이다. 그 시야의 나머지를 인식하는 훈련이 필요하다.

방법은 간단하다. 반복, 그리고 또 반복하는 것이다. 안 되면 될 때까지. 지금 그 행동을 무혁이 하고 있었다.

허수아비를 겨냥한 채로.

강화뼈1, 2 앞으로 방어.

검뼈3, 4는 우측으로.

검뼈5, 6은 좌측.

겨냥한 목표물을 바라보며 시위를 놓았다.

파앙!

떠나간 화살이 허수아비의 가슴에 박혔다. 무혁은 한 치의 흔들림 없이 다시 시위에 화살을 걸었고 그러는 동안에도 무혁의 시선은 허수아비의 가슴에서 움직이지 않았다.

이번에도 주변이 잘 인식되지는 않았다. 하지만 최대한 인식하고자 애쓴 덕분에 스켈레톤들의 움직임이 조금씩 보였다. 그것을 토대로 명령을 내리면서 다시 화살을 날렸다.

되는 건가?

사실 허수아비가 움직이지 않으니 노력의 효과를 확인할 길은 없었다. 그래도 안 하는 것보단 나을 것이라 여기며 꾸준히 훈련을 이어갔다.

"흐음."

그 모습을 교관 이안이 지켜보고 있었다.

갈수록 집중의 정도가 깊어졌다. 무언가가 될 것 같은 기분.
그런데 그 느낌을 받은 순간 어지러움이 느껴졌다.

[MP가 부족합니다.]

메시지와 함께 모든 스켈레톤이 역소환되었다.

아, 이런…….

바로 자리에 앉았다. 포만도도 꽤나 떨어진 상태였기에 인벤
토리에서 빵을 꺼내 먹었다. 그러곤 차오르는 MP를 바라보면
서 방금 전의 상황을 떠올려 봤다.

무언가 될 것 같았는데…….

아쉬웠다. 그래서 더 조급했다. MP가 어느 정도 차올랐을
때 무혁은 결국 참지 못하고 다시 몸을 일으켰다.

"소환."

다시 스켈레톤을 소환했다. 물론 검뼈 몇 마리는 역소환시
켰다. 그래야 MP가 유지되니까.

"후읍……."

집중해서 시위에 화살을 걸고 다시금 훈련을 이어갔다. MP가 소모되지 않는 덕분에 무혁의 훈련은 쉼 없이 이어졌다.

집중력이 고조되면서 시간의 흐름조차 잊었다. 중천에 떠 있던 해가 가라앉고 어둠이 밀려와 달이 모습을 드러낼 때까지도 무혁은 멈추지 않았다.

저벅.

그제야 움직이는 이안이었다.

"그만."

이미 무혁은 합격의 기준을 넘었다. 수련에 극도로 몰두할 때 생겨나는 집중력. 그 세계에 들어선 자만이 수련을 받을 자격이 있기 때문이다.

"그만!"

소리를 듣지 못한 것일까. 무혁은 여전히 허수아비를 공격했다. 그 모습을 보며 이안이 고개를 저었다.

"대단하군."

그와는 대조적으로 입꼬리는 말려 올라간 상태였다. 가만히 바라보다 발을 굴렀다.

쿠웅!

강력한 진동과 함께 무혁이 동작을 멈췄다. 집중이 깨진 것이다.

"음……?"

고개를 돌려 이안을 바라봤다. 그가 고개를 끄덕인다.

['제2단계 수련관 퀘스트'를 클리어하였습니다.]

그러더니 다시 발을 굴렀다.

쿠웅!

그 순간 사방이 흔들렸다.

아, 클리어했구나.

무혁은 가만히 기다렸다. 마법진이 발동되기를.

쿠웅!

마침 이안이 발을 한 번 더 굴렀고 때마침 변화가 일어났다. 연무장 가운데에 기하학적인 문양이 생겨난 것이다. 그 문양에서부터 터진 강력한 마나의 기운이 주변을 휘감았다.

[마법진의 영향을 받습니다.]
[스킬의 성장 속도가 급격하게 증가합니다.]

스킬의 성장을 위한 장소. 이것이 바로 2차 수련관의 목적이었다. 1차 수련관을 거치고 이안의 시험을 통과한 자만이 마법진의 혜택을 받을 수 있다. 스킬의 성장 속도 상승이라는 어마어마한 혜택을 말이다.

흥분으로 얼룩진 무혁에게 다가서는 이안.

"도움이 될 거다."

"아, 감사합니다."

"기한은 3일. 그 안에 최대한 성장해 보도록."

말을 마친 이안이 떠나고 홀로 남은 무혁은 심호흡을 하며 흥분을 가라앉혔다.

최대한의 효율이 필요해.

스켈레톤 일부를 역소환하면 소환 스킬의 경험치가 줄어든다. 전부 소환해야 경험치가 빠르게 증가한다. 그렇다면 지금 가장 필요한 건 결국 MP. 무혁은 경매 시스템을 열어 마나 포션을 검색했다.

[마나 포션(소)]

10초당 MP(10)를 회복한다. 10분 동안 유지된다.

[즉시 판매 가격 : 2골드 50실버]

[마나 포션(중)]

10초당 MP(20)를 회복한다. 10분 동안 유지된다.

[즉시 판매 가격 : 5골드]

액티브 스킬을 감안한다면 적어도 마나 포션(중)은 구입해야 했지만 가격을 보는 순간 멈칫할 수밖에 없었다. 무혁은 표정이 일그러지는 것을 막지 못한 채 한숨을 내쉬었다.

하아, 미친……

6개에 1시간을 버틸 수 있으니 하루에 90개 정도는 있어야 할 것이다. 그럼 3일 동안 총 270개, 개당 5골드니까 가격은 1,350골드. 현금으로 1,350만 원이란 소리다.

미친 거 아냐?

이걸 누가 쓴단 말인가. 아, 물론 일부 랭커들이야 사용하기는 한다. 하지만 그들도 무식하게 쓰진 않는다. 최대한 아껴서 꼭 필요할 때만 쓰는 정도다.

너무 비싸.

하지만 분명 필요한 것도 사실이다.

"으음……."

일단 10개만 살까.

무려 50골드. 피 같은 돈 50만 원을 사용해야만 했다.

스윽.

손을 뻗어 구매 버튼을 눌렀다.

[구매하시겠습니까?]

손이 덜덜 떨렸다. 1회성 아이템이다. 한 번 사용하면 사라지는 물약! 거기에 50만 원을 투자하는 것이다. 50만 원이 애 이름도 아니고, 예전에는 10일은 일해야 벌었을 돈이다. 그걸 한순간에 쓰자니 속이 쓰릴 수밖에.

하지만 이런 기회에 마나 포션을 사용하지 않는 것 역시 명청한 짓. 무혁은 눈을 질끈 감은 채 예스를 눌렀다.

[구매가 완료되었습니다.]

1회성 아이템인 마나 포션을 구입한 이상 손해를 봐선 안된다. 절대로.

무혁은 모든 스켈레톤을 소환했다.

"소환."

이후 두 가지 액티브 스킬인 강력한 활쏘기와 죽은 자의 축복은 쿨타임이 돌아올 때마다 사용했다. 명상은 패시브라 가만히 두기만 해도 경험치가 올랐다. 집중하기 시작하자 잡념이 사라졌다.

키릭, 키리릭.

스켈레톤의 소리와.

파앙!

화살이 쏘아지는 소리.

퍽, 퍼벅.

그리고 허수아비가 맞는 소리만이 연무장을 채웠다.

1시간 정도가 흘렀을 무렵.

[MP가 부족합니다.]

다시 느껴지는 약간의 어지러움.

스윽.

인벤토리에서 포션을 꺼낸 무혁이 가만히 그것을 바라봤다. 5만 원짜리 음료수가 눈앞에 있다. 조심스럽게 뚜껑을 열어봤다. 청량한 향기가 코끝을 자극했다. 하지만 무혁은 맛있겠다는 생각보다는 아깝다는 생각이 먼저 들었다.

그러나 어쩌겠는가. 마셔야지.

"젠장!"

한마디 욕을 뱉으며 벌컥 들이켰다.

['마나 포션(중)'을 사용합니다.]

[10초마다 MP(10)를 회복합니다.]

[10분간 지속됩니다.]

무혁의 기본 MP 회복량에 마나 포션, 여기에 명상까지 더해지니 무서운 속도로 MP가 차오르기 시작했다.

"스켈레톤 전사 소환, 스켈레톤 아처 소환, 스켈레톤 메이지 소환."

다시 모든 소환을 마치고 허수아비 공격을 명령했다.

강력한 활쏘기!

동시에 화살을 날렸다.

죽은 자의 축복!

그 순간이었다.

[명상 스킬의 레벨이 상승합니다.]

[강력한 활쏘기 스킬의 레벨이 상승합니다.]

무혁은 흥분하지 않았다.

1레벨 스킬은 본래 빠르게 성장하기 때문이다.

[죽은 자의 축복 스킬의 레벨이 상승합니다.]

[스켈레톤 메이지 소환 스킬의 레벨이 상승합니다.]

지금도 마찬가지다. 결국 1레벨 스킬들이었다.

하지만 하루가 지나기 전 또다시 메시지가 떠올랐다.

[스켈레톤 마스터리 스킬의 레벨이 상승합니다.]

[스켈레톤 전사 소환 스킬의 레벨이 상승합니다.]

[스켈레톤 아처 소환 스킬의 레벨이 상승합니다.]

이젠 흥분을 제어할 수 없었다.

미친!

스켈레톤 마스터리가 오른 탓도 있었지만 그것보다는 5레벨이 된 지 얼마 되지 않은 전사와 아처 소환의 레벨이 올랐다는 사실이 흥분을 주체할 수 없는 주된 이유였다.

"……."

멍하니 있던 무혁이 스킬을 확인했다.

[스켈레톤 마스터리 4Lv(0%)]

스켈레톤들의 공격력과 방어력이 4퍼센트 상승한다.

[죽은 자의 축복 2Lv(53%)]

죽은 자에게는 회복의 축복(마법 공격력×330%)을, 산 자에게는 죽음의 저주(마법 공격력×330%)를 내린다.

-쿨타임 : 30초

[명상 2Lv(82%)]

사제의 기본이 되는 스킬로 개량되어 잠재력이 높아졌다.

-MP 회복률(15) 상승

[강력한 활쏘기 2Lv(79%)]

궁수의 기본이 되는 스킬로 개량되어 잠재력이 높아졌다.

-기본 대미지×130%

-소모 MP : 15

-쿨타임 : 10초

스켈레톤 전사와 아처야 6레벨이 되었으니 전사는 12마리, 아처는 6마리의 소환이 가능해졌다.

10레벨까지는 부담이 없는 게 정상이지만 무혁은 아니었다. 지혜와 지식에 스탯을 투자하지 않는 탓에 확실히 MP가 부담되기 때문이다. 11레벨부터는 엄청난 부담감이 어깨를 짓누르리라. 그렇다고 소환 스킬의 레벨을 올리지 않을 수도 없었다.

어차피 겪어야 할 일이니까.

자, 다시.

무혁의 수련이 이어졌다.

시간은 빠르게 흘러 어느새 자정을 넘겼다. 지니고 있던 마나 포션도 모두 사용했고 피곤함도 느껴졌다. 결국 무혁은 내일을 기약하며 로그아웃을 했다.

캡슐에서 나와 샤워를 한 후 곧바로 침대에 누워 잠을 청하는 그였다.

안타깝게도 시간이 흐를수록 마법진의 영향력이 줄어들었다. 그 탓에 첫날처럼 사기적인 성장을 할 순 없었다. 그래도 확실히 평소보다 배는 빠르게 스킬 경험치가 오르고 있었기에 무혁은 쉬지 않고 수련에 집중했다.

강력한 활쏘기.

쏘아진 화살이 허수아비를 때렸다.

[크리티컬이 터집니다.]

[642의 대미지를 입힙니다.]

무려 600이 넘는 대미지가 들어갔다.

"후우."

현재 강력한 활쏘기의 레벨이 5. 기본 공격력의 160퍼센트라는 수치를 지니고 있기에 가능한 대미지였다.

3일이라는 시간 동안 엄청난 성장을 했다. 하지만 무혁은 아직 부족함을 느꼈다.

아쉽다.

남은 시간이 얼마 없기에 그런 감정이 더욱 커졌다. 이미 3일이 지난 상황에 해도 떨어져 달이 모습을 드러내는 시점이었다.

이제 거의 끝났나.

마법진이 사라지기까지 대략 한 시간 정도가 남은 상태. 무혁은 경매 시스템에서 마나 포션을 구입해 마지막 스퍼트를 가했다.

포션을 소비하며 스킬 수련에 집중하는 그 어느 시간.

[마법진이 사라집니다.]

[스킬의 성장 속도가 본래대로 돌아옵니다.]

드디어 메시지가 떠올랐다.

"후아."

3일간 쌓여 있던 피로감이 단번에 몰려왔다. 견디지 못한 무혁은 자리에 털썩 주저앉아 휴식을 만끽했다. 이내 벌러덩 누워 어두워진 하늘, 그 가운데에 치솟은 달을 바라보며 정신적인 피로감을 달랬다.

뒤늦게 정신을 차리고 지금까지의 성장한 스킬들을 하나씩 확인해 나갔다.

죽은 자의 축복 4레벨. 각 390퍼센트의 대미지와 치유 효과. 명상 5레벨. MP 회복률은 45. 스켈레톤 마스터리 5레벨. 공격력, 방어력 5퍼센트 상승. 스켈레톤 전사 7레벨. 14마리 소환 가능. 스켈레톤 아처 7레벨. 7마리 소환 가능. 스켈레톤 메이지 4레벨. 4마리 소환 가능. 그리고 스켈레톤들은 모두 개체당 MP 소모량 3이었다.

후우, 엄청나네.

그때 멀리서 발걸음 소리가 들려온다. 이안 교관이었다. 무혁이 몸을 일으켰다.

"마법진의 수련은 끝났다."

"알고 있습니다."

"성과에는 만족하나?"

충분히 만족한다. 긴 시간에 걸쳐서 올려야 할 레벨을 거우 3일 만에 달성했으니까.

"충분히요."

"다행이군. 이걸로 시험도, 수련도 끝났다."

"궁금한 게 있습니다."

"뭐지?"

"저와 같은 시험을 통과한 자가 있었습니까?"

"있었지."

"몇 명이나 됩니까?"

"한 명이다."

2차 수련관 역시 하나가 아니다.

대륙 전체로 따진다면…….

잠시 고민했으나 고개를 저을 수밖에 없었다. 어쩌면 열 명이 안 될지도 모르고 혹은 수십이 넘을지도 모른다. 하지만 한 가지 확실한 것은 무혁이 그 작은 그룹에 속했다는 사실이다.

레벨 50. 하지만 스탯과 스킬 레벨은 동렙에 비해 비교할 수 없는 수준이다. 덕분에 월등히 강해졌다. 이제부터가 진짜 시작인 것이다.

현재 랭커 1위의 레벨은?

[랭킹 시스템]

1위. 다크(성기사 65Lv)

......

2위는 64였다. 물론 눈에 들어오는 건 오직 1위뿐이었다.

다크.

현재 15레벨 차이.

생각보다 빨라.

격차는 좁혀지고 있지만 벌써 65레벨에 도달했다는 점이 의외였다.

역시 각자만의 뭔가가 있는 거겠지.

그것이 칭호든 혹은 던전을 클리어한 대가이든, 랭커들은 보통의 유저와는 다른 무언가를 지니고 있는 것이 분명하다.

각자만의 비결로 앞서 나가는 자들. 그들을 따라잡고 머지않아 시작될 첫 번째 에피소드를 준비해야만 했다.

"아무튼 감사했습니다."

"그래, 인연이 된다면 또 보겠지. 이건 선물이다."

이안이 건넨 상자를 받았다.

"감사합니다."

무혁은 고개를 숙여 인사한 후 연무장을 빠져나갔다. 사실 그에게 다음 수련 장소를 묻고 싶었지만 어차피 알려주지 않는다는 것을 알기에 목구멍까지 차오른 말을 애써 삼켰다.

3차 수련관이 있다는 건 알지만 장소는 모른다.

언젠가는 찾겠지.

그렇게 여기며 선물로 받은 상자를 열었다.

화아악.

빛이 터져 나왔다.

[칭호 '2차 수련관 통과자'를 획득합니다.]

예상하고 있던 칭호였다.

[2차 수련관 통과자]

-모든 스탯(2)이 상승한다.

조금 더 성장했음을 느끼며 성민우가 사냥하고 있을 흑귀목의 숲으로 향했다.

제2장
히든 퀘스트 정보

흑귀목보다 레벨이 조금 낮은 백귀목 한 마리와 근접전을 펼치고 있는 성민우가 보였다.

"흐아압!"

주변에 희미하게 보이는 네 마리의 정령이 그런 성민우를 보조하고 있었다. 불꽃이 일렁거리고 시린 물이 떨어지며 땅에서 줄기가 치솟는가 하면 날카로운 바람이 그 주변만을 휘감기도 했다.

물론 가장 활약하는 존재는 역시나 성민우였다.

퍼억!

주먹을 휘둘러 백귀목의 얼굴을 때리니 백귀목이 생각보다 높이 떠올랐다.

성민우가 무릎을 굽히며 탄력을 이용해 점프한 후 발을 하늘 위로 들어 올렸다. 유연성이 돋보이는 자세에서 그대로 아래로 내리꽂으니 떠올랐던 백귀목이 바닥으로 처박혔다.

파이어!

불꽃이 일렁이더니 그런 백귀목을 태워 버렸다.

[경험치가 상승합니다.]

한 마리를 처리한 그가 참았던 호흡을 뱉어냈다. 그런 그의 뒤로 누군가가 탄성을 내뱉으며 다가왔다.

"오호?"

고개를 돌린 성민우가 환하게 웃었다.

"아, 왔냐?"

"생각보다 세다?"

"크큭, 내가 좀 세지."

수련을 마치고 돌아온 무혁이었다.

때마침 성민우의 레벨도 드디어 50이 되었다.

"오우, 예!"

환호를 지르며 좋아하는 그의 모습에 무혁도 미소를 그렸다.

"이제 던전 가는 거지?"

"그래, 근데 목소리 좀 낮춰."

"아, 맞다."

다급히 주변을 훑어봤다. 다행히 두 사람에게 관심을 기울이는 유저는 없었다. 안도하며 가슴을 쓸어내리는 성민우. 무혁은 피식 웃으며 그와 함께 흑귀목의 숲을 벗어났다.

워프게이트를 타고 마법사가 유독 많은 카르벤 왕국으로 이동했다.

"여기야?"

"응, 따라와."

그와 함께 근처 여관으로 향했다.

그곳에서 음식을 주문한 후 여관 주인에게 말을 걸었다.

"제가 실은 이곳이 처음인데요."

"아, 네."

"혹시 간단하게 할 수 있는 일이 없을까요?"

"할 수 있는 일이요?"

"네, 뭐라도 해야 일단 먹고 지낼 수 있으니까요."

무혁의 말에 여관 주인이 안쓰러운 눈빛으로 쳐다봤다. 꽤 가난한 여행자로 인식한 모양이지만 어차피 상관없었다. 그걸 의도한 것이기도 하니까.

"음, 대장간에 가 보세요."

"대장간이요?"

"네, 저와 친한 사이인 대장간 할아버지인데 요즘 광석이 부족하다고 하시더라고요. 그분을 도와줄 수 있겠어요?"

동시에 메시지가 떠올랐다.

[퀘스트 '대장간을 도와라'가 생성됩니다.]
[퀘스트를 수락하시겠습니까?]

무혁은 웃으며 고개를 꾸벅였다.

"물론입니다."

곧바로 여관에서 나와 대장간으로 향했다. 뒤따라오는 성민우와는 파티인 상태였기에 퀘스트가 공유된 상태였다.

"퀘스트는 왜?"

"그냥 알게 된 정보가 있어서 그래."

"정보?"

"그래, 따라와 보면 알아."

"허어, 참."

그러는 사이 대장간에 도착했다. 무구가 몇 개 놓여 있지도 않은 가판대 앞에서 손님 대신 날아드는 파리를 쫓고 있는 노인이 보였다.

"실례합니다."

무혁과 성민우의 등장에 노인의 눈에 생기가 감돌았다.

"오오, 손님인가. 무기가 아주 좋으니 천천히 살펴보게."

"무기를 살펴보러 온 게 아닙니다."

그 말에 노인의 미간이 찌푸려졌다.

"크흠, 그럼 무슨 일인가?"

"실은 여관 주인이 도움을 청하더군요."

"한나가?"

"네, 광석이 부족하다고 들었습니다. 그래서 판매할 무기가 없다고……."

무혁의 시선이 가판대로 옮겨진다.

한눈에 봐도 알 수 있었다. 진열되어 있는 무기들이 하나같이 질이 떨어진다는 사실을 말이다.

"크흠, 없기는 무슨. 충분하기는 하지만 그래도 워낙 장사가 잘돼서 말이야. 확실히 광석이 조금 더 필요한 상황이긴 하지. 좋아, 한나의 소개로 왔다고 하니 일거리를 주겠네. 북쪽 광산으로 향해서 철광석을 캐오게."

떠오른 메시지를 확인했다.

[철광석을 캐라]

[카르벤 왕국의 망해가는 대장간을 위해 철광석을 캐올 것 (0/10).]

[성공할 경우 : 소량의 경험치 획득, 소량의 골드 획득]

[실패할 경우 : 호감도 하향]

[퀘스트를 수락하시겠습니까?]

성공해도 실패해도 큰 의미가 없었다. 하지만 퀘스트는 필요했다. 북쪽 광산에 올라야만 했으니까.

"알겠습니다."

대답과 함께 퀘스트가 수락되었고 노인은 품에서 나무패로 만든 신분증을 건넸다.

"광산에 오르려면 필요할 걸세. 가지고 가게."

"예."

신분증을 인벤토리에 넣은 후 북쪽 성문으로 향했다.

"광산?"

"응, 거기에 던전이 있거든. 근데 가려면 신분증이 필요해서."

"아, 그래서 퀘스트를……."

성민우가 고개를 끄덕였다.

"히야, 근데 이런 건 도대체 어디서 들은 거야?"

대충 얼버무렸다.

"그냥 게시판 이곳저곳 계속 뒤지다 보니까. 요즘 탑 3에 들면 일루전 기업에서 돈도 주잖아. 그것 때문에 괜찮은 정보가 많더라고."

"그래? 나도 보는데……."

"정보 조합이 중요한 거지."

"흐음, 그렇군."

성민우는 깨달았다는 듯 고개를 끄덕였다.

쩝, 미안하네.

아마 앞으로 한동안 게시판을 구석구석 뒤질 것이 분명했다.

제대로 된 정보는 절대 찾을 수 없음을 알지 못한 채 말이다.

미래에서 왔다고 말할 순 없잖아.

성민우의 결심한 듯한 끄덕임을 무혁은 애써 외면하며 북쪽 성문을 나섰다.

작은 길을 따라 조금 올라가니 마침 순찰을 돌고 있는 경비들과 마주쳤다.

"흠?"

그들은 무혁과 성민우를 보며 고개를 갸웃거렸다.

"누군가? 여긴 아무나 올 수 있는 곳이 아닌데."

경비원의 레벨은 200. 절대 시비를 걸어선 안 된다. 단번에 저 창에 꿰뚫려 목숨을 잃을 테니까.

가볍게 건드리기만 해도 부서질 것처럼 녹슨 상태의 창이었지만 누가 사용하느냐에 따라 위력이 다른 법. 게다가 두 명. 도망칠 수도 없다. 그렇기에 공손해야만 했다.

"아, 부탁을 받고 왔습니다."

"부탁?"

"네."

대답과 함께 신분증을 꺼냈다.

"아, 그 카랑카랑한 노인네군."

"네, 철광석이 필요하다고 하시더라고요."

"음, 그렇군. 올라가 보게."

"감사합니다."

안도하며 경비원을 지나쳤다.

얼마 가지 않아 광산이 나타났다. 일하고 있는 광부들과 또 다른 경비원 둘이 보였다. 그들 역시 무혁과 성민우에게 다가 왔다. 이번에도 신분증을 제시한 덕분에 지나칠 수 있었다.

광산의 안으로 들어가니 곡괭이질을 하는 광부들이 보였 다. 일에 집중하던 그들은 낯선 이 둘의 등장을 달갑게 여기지 않았다. 무혁과 성민우를 쳐다보는 시선에 못마땅함이 깃들어 있었다.

"거치적거리지 말고 비켜!"

광산의 벽면을 깨뜨리고 있는 광부의 외침이었다. 여기서 저들과 시비가 붙으면 목표했던 곳으로의 진입이 어려워지기 에 무혁은 공손하게 그들에게 사과했다.

"죄송합니다. 빨리 지나가겠습니다."

걸음을 서둘렀다. 성민우가 다가오더니 낮게 속삭였다.

"야, 뭐야. 저 사람들은. 기분 나쁘네."

"신경 쓰지 말고 따라와. 서두르자고."

안쪽으로 다가갈수록 길은 좁아졌다.

사과하는 횟수도 늘어만 갔다.

"죄송합니다."

그렇게 30분 정도를 이동했을 때였다. 좁았던 길이 갑자기 넓어졌다.

"후우."

그제야 갑갑했던 가슴이 조금은 풀어졌다. 뒤에서 따라나온 성민우가 넓어진 공간을 바라보며 감탄사를 내뱉었다.

"우와, 뭐야. 여긴?"

"나도 모르지."

이제 거의 다 왔다는 사실만 알고 있었다.

"길이 세 갈래인데?"

"이쪽으로."

중앙을 택해서 나아갔다. 서서히 광부들의 수가 줄어들어 한 명도 보이지 않을 즈음 길의 끝에 도달했다.

"막혔잖아? 게다가 아무도 없고."

무혁은 가만히 벽면을 더듬었다.

"장치가 있을 거야."

"장치?"

"응, 나도 정확히는 몰라. 찾아봐."

"오케이."

두 사람 모두 벽면을 살폈다. 하지만 아무리 훑어도 장치는 보이지 않았다.

아, 잠깐.

무혁은 순간 동작을 멈췄다.

벽면일 수가 없잖아.

광부들이 광석을 채취하기 위해서라도 벽을 때릴 것이다. 그곳에 장치가 있다면 이미 발견되었어야 할 일이었다.

그럼 바닥 아니면 천장이겠네.

"혹시 정령으로도 찾을 수 있으려나?"

"어, 글쎄……."

"한번 해보자. 바닥이랑 천장만 찾으면 될 것 같은데."

"그래. 소환."

네 마리의 정령이 나타났다.

"어스는 바닥을 훑고, 나머지는 천장을 훑어봐. 이상한 장치가 보이면 알려줘."

정령들이 사방으로 흩어졌다. 빠르게 바닥과 천장을 살펴보는 모습을 보면서 왜 진작 이러지 않았을까 자책했다.

샤라락.

그때 불의 정령 파이어가 다가왔다.

"어? 찾았어?"

파이어가 천장의 어느 한곳으로 올라가더니 멈췄다. 무혁은 점프해서 그 위치를 더듬었다. 몇 번이고 반복했다.

"찾았다!"

"거기 있어?"

"어!"

마지막으로 점프한 후 그 장치를 손에 쥐었다. 돌기처럼 작게 튀어나온 차가운 느낌의 금속이었다. 오래 버티긴 어려울 것 같았는데 다행스럽게도 장치가 반응했다.

[상태를 확인합니다.]

[파티원을 확인합니다.]

[자격이 있음을 확인합니다.]

그 순간 장치에서 빛이 뿜어지며 공간을 뒤덮었다.

번쩍.

다시 눈을 떴을 땐, 던전 내부였다.

[50레벨 '특수 던전'에 발견했습니다.]

[던전 안에서 '경험치(50퍼센트)'가 상승합니다.]

성민우가 탄성을 뱉었다.

"우와! 대박!"

무혁은 그의 반응이 그저 재밌을 뿐이었다.

"경험치가 50퍼센트나 상승한대!"

"이 정도 가지고 놀라기는."

마지막 클리어 보상을 받으면 까무러치겠다는 생각이 들었
다. 괜스레 즐거워졌다.

좋아, 그럼 클리어해 볼까.

"가자."

천천히 걸음을 내디뎠다. 그 뒤를 성민우가 연신 감탄하며
쫓아온다.

"와, 던전이 이렇게 생겼구나. 근데 생각보다 폭이 넓네?"

"던전마다 달라."

"아하, 근데 여기는……."

무혁이 손을 들었다.

"쉿."

성민우가 입을 다물자 던전이 고요해졌다.

스스슥.

그 사이를 비집고 들어오는 소리. 몬스터가 분명했다.

"소환."

무혁은 스켈레톤 전사와 아처, 메이지를 소환했다. 강화뼈 2마리와 검뼈 12마리, 아처 7마리에 메이지 4마리까지 총 25마리의 소환수가 키릭거리며 전방에 위치했다. 이젠 부대를 뛰어넘어 중대로 나아가는 과정에 있었다.

잠깐 떨어져 있던 사이 확 늘어난 소환수의 수에 성민우가 기겁을 했다.

"뭐, 뭐야?"

"음?"

"왜 이렇게 많이 늘어났어?"

"아, 스킬 수련 좀 했지."

"수련하면 그렇게 되는 거냐?"

"너도 던전 클리어하고 전직했던 사람 찾아가 봐."

"전직했던 사람? 왜?"

"퀘스트 안 떴어?"

"아, 뜨긴 했는데……."

"그거 퀘스트 다 깨면 정령도 상당히 세질걸?"

"오오, 그래? 고맙……!"

말을 하는 순간 무언가가 날아들었다. 작지는 않았지만 너무나 갑작스러워서 제대로 대처하지 못했다.

서걱.

성민우의 가슴을 베고 가는 칼날.

"흐읍!"

놀라며 물러섰지만 다리는 이미 위로 뻗어 나가는 상태였다. 스킬 '강킥'이었다.

하지만 타격하기 직전 거짓말처럼 몬스터가 사라졌다. 그 탓에 다리가 허무하게 허공을 갈랐다. 착지한 성민우가 전방을 주시했다.

긴장감으로 인한 침묵.

꿀꺽.

무혁 역시 미간을 찌푸리고 있었다.

'외날칼'이라는 몬스터였다. 은신 스킬을 사용하는 몬스터인데, 은신을 사용하면 정말 뛰어난 감을 지니고 있지 않은 이상 어디에 있는지 파악하기가 어렵다.

놈들은 공격하기 직전에야 은신이 풀리는데 그 순간을 캐치해야 한다. 상대하기가 여간 까다로운 게 아니었다.

하지만 무혁에겐 소환수가, 성민우에겐 정령이 있었다.

"이리 와봐."

"어, 으응."

무혁은 성민우와 중앙에 자리를 잡았다. 이후 검뼈, 활뼈, 메이지에게 명령을 내려 주변에 배치시켰다.

첫 번째 원을 그리며 자리를 잡은 강화뼈 두 마리와 검뼈 두 마리 각각 무혁의 상하좌우에 위치했다.

방어 모드.

네 마리 스켈레톤이 방패를 들었다.

활뼈, 이동.

두 번째 원을 그리는 검뼈 네 마리와 활뼈 네 마리가 상하좌우와 비어 있는 대각선 네 곳에 자리를 잡았다. 세 번째 원 상하좌우에 나머지 활뼈 세 마리와 검뼈 한 마리를 위치시킨 후 대각선에 메이지를 세웠다. 네 번째 줄에는 나머지 검뼈들을 세웠다.

이것으로 무혁과 성민우는 꽤나 안전해졌다. 머리 위에서 떨어지는 공격만 막아내면 되기 때문이다.

"정령은 우리 머리 위에 대기시켜."

"알았어."

정령 네 마리가 머리 위에 위치했다.

"내 신호에 맞춰 공격해."

잠깐의 시간이 흘렀다.

무혁이 손가락 세 개를 폈다.

하나를 접었다. 두 개가 남은 상황.

다시 하나를 접고.

마지막 남은 손가락을 접는 순간.

파앙! 화르륵!

스켈레톤 아처들이 쏘아 보낸 화살과 메이지의 마법, 그리고 정령들의 공격이 사방으로 뻗어 나갔다. 피할 곳은 없어 보였다.

콰아아앙!

예상대로 공격에 적중당한 외날칼이 모습을 드러냈다. 한 마리가 아니었다.

세 마리라…….

정체를 들킨 것을 아는 걸까. 놈들이 달려들었다.

스스슷.

확실히 빠른 움직임이었지만 소환수에게 보호를 받고 있는 무혁은 전혀 두려울 게 없었다. 달려들던 외날칼이 스켈레톤에게 막혀 더 이상 전진할 수 없게 되자 검과 흡사한 모양의 손을 거칠게 휘둘렀다.

키리릭!

스켈레톤 메이지가 타격을 입었지만 뒤쪽에 위치하고 있던 아처의 화살이 외날칼의 몸통에 꽂혔고, 좌우에 있던 검뼈가 휘두른 검 역시 상처를 입혔기에 명백한 이득이었다.

다른 두 마리 외날칼의 상황도 그리 다르지 않았다. 한 마리는 어스의 스킬에 묶인 채 움직이지 못하고 있었다. 유지되는 시간이 그리 길지는 않지만 전투 중에는 1초가 승패를 나누기에 결코 무시할 수 없었다.

강력한 활쏘기.

묶여 있는 녀석을 노리며 스킬을 사용했다.

파앙!

쏘아진 화살이 놈의 어깨에 박혔다.

[318의 대미지를 입힙니다.]

주변 스켈레톤의 공격도 들어갔다.

결국 버티지 못하고 사라졌다.

[경험치가 상승합니다.]

두 마리의 외날칼도 상처를 입은 상태라 움직임이 느렸다.

메이지 전원, 마법 공격.

활뼈 전원, 연사.

스켈레톤 메이지 네 마리가 각자의 마법을 사용했다. 바람의 칼날의 생성되어 넓은 범위에 대미지를 줬다. 화염의 창이 날아가 강력한 파괴력을 선사했다. 얼음의 알갱이가 쏘아져 바닦은 물론 외날칼을 흥건하게 적셨고 전격의 구름에서 생성된 번개가 물과 만나 보다 강력한 충격을 전해줬다. 거기에 활뼈의 화살까지.

[경험치가 상승합니다.]
[경험치가 상승합니다.]

결국 버티지 못한 두 마리의 외날칼이 목숨을 잃었다.
"사체 분해."
서둘러 놈들을 분해했다. 나온 것은 외날칼의 뼈 1개였다.
남은 한 마리도 서둘러서 사체 분해를 했다.

[외날칼의 뼈(×1)를 획득합니다.]

총 2개를 획득했다.
흐음.
휴식을 취할 것도 없었다.
"바로 갈까."
"난 괜찮아."
"그럼 바로 이동하자."
둘은 진형을 유지하면서 앞으로 나아갔다.
얼마 지나지 않았을 때.

콰앙!

사방에서 나타난 외날칼들이 스켈레톤들을 공격했다.

여섯 마리. 그게 전부가 아니었다. 저 멀리 칼날 궁수 한 마리가 더 나타났다.

화살이 검뼈3의 방패를 두드렸다.

콰앙!

생각보다 파괴력이 강했다.

죽은 자의 축복.

충격을 받은 검뼈3이 치유되었다.

무혁은 곧바로 시위에 화살을 걸었다.

강력한 활쏘기.

저 멀리 있는 칼날 궁수를 겨냥하며 스킬을 사용하자 시위가 당장에라도 끊어질 것처럼 팽팽하게 당겨졌다.

파앙!

쏘아진 화살이 칼날 궁수를 때렸다.

활뼈2, 3 목표물 변경.

지휘도 멈추지 않았다.

그때였다.

"으음."

옆에 있던 성민우가 신음을 흘렸다.

"왜?"

"나가서 싸워도 되지?"

"아, 지겹냐?"

"응."

"뭐, 상관없겠지."

"오케이!"

성민우가 점프하더니 스켈레톤 방어벽을 뚫고 나아갔다. 신이 난 것처럼 날뛰며 외날칼 한 마리를 집중적으로 공격하는 모습이 보였다.

"큭."

예전부터 운동을 좋아하던 녀석이었다.

게임에서도 마찬가지네.

"우오오오오!"

성민우의 기합 소리와 함께 이어지는 화려한 기술들.

퍼벅, 퍼버벅!

대미지도 상당히 높아 보였다.

[경험치가 상승합니다.]

죽어버린 외날칼이 보인다. 회색빛으로 화하며 사라지는 모습을 두 눈에 담고 있자니 괜스레 아까웠다.

재료가 나올 텐데…….

하지만 지금 상황에서 사체 분해를 할 순 없었다. 결국 허망하게 보내야만 했다.

"허억, 허억……."

한 마리를 처리한 성민우가 힘겹게 자리로 돌아왔다.

"와, 겁나 빡세네."

성민우는 외날칼 한 마리를 처리하긴 했지만 그사이 집중적으로 공격을 받으면서 HP가 절반 이상 빠진 상태였다.

"크으, 여기 진짜 안전하다. 완전 사기잖아."

"그러게."

무혁도 사실 이 정도로 안전할 줄은 몰랐다. 무려 세 줄로 겹겹이 휩싸인 상태였으니 당연한 일이긴 했지만 그래도 이번 전투로 확실하게 깨달았다. 25마리의 소환수는 생각보다 더한 전력이라는 것을 말이다.

든든한데.

절로 흡족해졌다. 외날칼 다섯 마리와 칼날 궁수가 여전히 공세를 펼치고 있었지만 무혁은 조금의 피해도 입지 않은 상태였다.

죽은 자의 축복.

강력한 활쏘기.

두 가지 스킬을 사용하며 조금씩 놈들을 제압해 나갈 뿐이었다.

성민우가 약속이 생겨 버린 탓에 시간이 비어버렸다. 던전 내부에서 혼자 사냥을 이어가다가 예기치 못한 문제가 생길 수도 있기에 이러지도 저러지도 못하는 상황이었다.

"으음……."

어차피 게임은 못할 것 같아 아예 마음을 접었다. 그제야 여유가 생기면서 머리가 돌아갔다.

기왕 시간도 났고…….

무혁은 오랜만에 일루전 홈페이지에 접속해서 게시판을 둘러봤다. 자유 게시판과 팁 게시판에 올라온 탑 3 정보들부터 확인했다. 눈길을 끄는 정보가 꽤 있었다.

"생각보다 괜찮네?"

그중에 하나를 자세하게 확인했다.

[제목 : 던전이라도 다 같은 던전이 아니다!]

[내용 : 던전에도 종류가 있다. 가장 하급이라고 할 수 있는 일반 던전과 그보다 난이도가 높지만 보상 역시 높은 특수 던전이 있다. 일설로는 특수 던전보다도 높은 수준의 던전이 있다고 하는데 그 보상이 그야말로 어마어마하다고 한다. 그 던전이 무엇이냐고? 바로 유니크 던전이다. 이름만 들어도 떨리지 않는가? 나는 이 정보를 알아내기 위해 정체를 숨긴 채 거대 길드에 가입했다. 이후 요직에 앉은 이들과 최대한 빠르게 친해진 후 정보를 캐냈다. 무언가 더 있는 것 같기는 하지만…….]

던전의 등급에 대한 것이었다.

유니크까지라.

과연 던전이 이슈였기 때문일까. 조회수가 어마어마했다. 550만. 게시글을 작성한 사람은 일루전 기업으로부터 1,100만 원이라는 금액을 받았으리라.

나도 뭐 하나 적어볼까?

팁 게시판의 글쓰기 아이콘을 클릭했다.

뭐가 좋으려나.

몇 가지 정보를 끼적거려 봤다.

타닥, 타다닥.

그러다 고개를 흔들며 지우고, 다른 정보를 기입했다.

[제목 : 소환 계열 직업을 위한……]

다시 지웠다.

"흐음……"

그러다 문득 칭호가 떠올랐다. 무혁이 처음 얻었던 그 칭호. 첫 번째 수련관 퀘스트.

현재 일루전이 오픈한 지도 10개월에 접어들었다. 무혁이 일루전을 시작한 것은 오픈하고 5개월이 지난 시점이었다. 즉, 겨우 5개월도 안 되는 시간을 투자하여 50레벨을 달성했다고 보면 되는 것이다.

지금 수련관 정보를 밝힌다면? 많은 초보 유저가 수련관 퀘스트를 깰 것이다. 그들도 칭호를 얻을 것이다.

그렇다고 무혁이 따라잡히느냐? 그건 아니었다. 어차피 수많은 정보 중에 하나일 뿐이니까. 그들은 2차 수련관이 있다는 사실도 모를 것이다. 누군가가 알아낸다고 하더라도 어디에 위치했는지를 찾기란 요원한 일이다.

게다가 2차 수련관을 찾기 위해선 일단 레벨 50이 되어야 한다. 이제 시작하는 유저가 1차 수련관 퀘스트를 깨고 50레벨이 되어 2차 수련관 위치를 찾기 위해 몰두한다고 가정한다면 2차 수련관의 위치가 밝혀지기 위해선 최소한 반년의 시간이 필요했다. 빨라야 6개월, 느리면 1년은 더 지나야 밝혀질 것이다.

크게 영향은 안 미칠 것 같은데⋯⋯.

오히려 아래에 있는 유저들이 무혁의 기억보다 강해진다면 더 재밌어질 것 같았다. 그들이 거대 길드에 가입할 수도 있겠지만 그들끼리 길드를 만들어 세력을 키울 수도 있으리라. 그러면 이미 자리를 잡고 있는 길드와 부딪칠 것이다.

혼란과 혼돈, 그리고 그 틈을 비집고 들어갈 나.

무혁은 상상하며 웃었다.

나쁘지 않겠어.

결정을 내리고 타자를 쳤다.

타다닥.

멈추지 않고 글을 써내려갔다.

[제목 : 1레벨 유저가 획득 가능한 칭호 1편]

제목만 봐도 감이 왔다.

상당한 이슈가 될 거야.

도저히 클릭하지 않고는 버틸 수 없으리라.

[내용 : 일루전에서 가장 중요한 건 무엇보다도 히든 퀘스트와 칭호, 그리고 던전 컨텐츠라고 생각합니다. 그중에서도 히든 퀘스트에 대해 이야기를 해보려 합니다. 레벨 1의 유저도 획득할 수 있는 히든 퀘스트가 있다면 어떨까요? 그 보상이 힘, 민첩, 체력을 2개씩 올려준다면? 거기에 공격력 7과 민첩 옵션이 달린 검, 방어력 5에 충격 흡수 45퍼센트, 체력 1의 옵션이 달린 방패까지 지급한다면? 지금 그 이야기를 하고자 합니다. 일단 이 히든 퀘스트를 획득하기 위해서는 조건이 있습니다. 레벨이 반드시 1이어야 한다는 사실입니다. 2만 되어도 퀘스트를 받을 수가 없습니다. 이 정도면 꽤나 큰 힌트가 되었겠죠?]

무혁은 여기서 잠시 고민했다.

조금 치사하긴 하지만 쪼개는 편이 낫겠지.

[자세한 내용은 2편에서 언급하겠습니다.]

그리고 글 등록을 마쳤다.

헬스장에서 운동을 하고 부모님 집에 잠깐 들렀다. 어머니와 누나와 함께 점심을 먹은 후 거실에서 TV를 보면서 시간을 보냈다.

드드드드.

일루전 프로그램에 집중하고 있는데 휴대폰이 울렸다.

"야, 전화 왔어."

"아아."

강지연의 말에 휴대폰을 확인했다. 모르는 번호였다.

"여보세요?"

-안녕하세요? 프로그램 일루전의 세계를 맡고 있는 김민호 PD입니다.

"일루전의 세계요?"

-네, 일루전 홈페이지에 게시물 하나를 작성하지 않으셨나요? 1레벨 히든 퀘스트에 관해서요.

"……."

벌써 이슈가 된 것인가. 그것도 TV 프로그램에서 연락이 올

정도로?

"연락처는 어떻게 아셨죠?"

-일루전 게시물 아이디 상세 정보를 누르니 나와 있던데요. 공개로 해놓으셨더라고요.

그 말에 머리가 띵해졌다.

아, 이런······.

통화를 하면서 서둘러 강지연의 방으로 들어갔다. 노트북을 켠 후 일루전 홈페이지에 접속했다.

"아, 그런가요?"

-네, 실례가 안 된다면 만나서 자세하게 이야기를 나눠보고 싶은데요.

로그인을 한 후 정보 변경을 눌렀다. 확실히 공개로 되어 있었다. 서둘러 비공개로 바꾼 후 통화에 집중했다.

"이야기라면······?"

-그 정보에 대해 먼저 알고 싶습니다. 레벨이 어느 정도 되신다면 일루전의 세계에 잠깐 출연을 시켜드릴 수도 있습니다. 물론 출연료와 정보에 대한 값은 정당하게 치를 겁니다.

출연에는 아직 관심이 없었다. 하지만 정보에 대한 값에는 솔깃한 게 사실이었다. 돈 싫어하는 사람은 없으니까. 하고 싶은 것도 있고. 물론 아주 많은 돈이 필요하기에 당장은 할 수 없겠지만, 차곡차곡 모은다면 훗날에는 목표로 하고 있는 일을 실행할 수 있을 것이다.

"음, 좋습니다. 일단 만나죠."

-감사합니다. 오늘 시간 괜찮으신가요?

"네, 괜찮아요."

-그럼 장소는……

장소와 시간을 정했다.

"알겠습니다."

-혹시 모르니 문자로 보내드리겠습니다.

"네, 그럼 그때 뵙겠습니다."

통화를 종료하고 나가는데 강지연과 어머니 이혜연이 바로 앞에 있었다. 표정을 보아하니 귀를 대고 통화를 엿들은 모양이었다.

"뭐야?"

"아니, 일루전의 세계에 대해서 이야기하길래."

"연락처 이야기는 또 뭐니?"

머리가 지끈거렸다.

어쩌지?

일단 대수롭지 않은 척 말했다.

"별거 아냐, 그냥 친구."

"친군데 존댓말을 하나?"

"……."

"뭔데? 혹시 방송국?"

"아니라니까."

"그럼 일루전의 세계는 뭐고, 또 연락처 어떻게 알아냈냐고 물은 건 뭔데?"

가슴이 콕콕 하고 찔렸다.

두근두근.

회사를 그만두고 일루전에 올인하고 있음을 들킨다면 발칵 뒤집어질 것이 분명했다. 그렇다고 언제까지 숨길 수도 없었다. 숨기고 있다가 들키는 건 최악이다. 차라리 밝히는 게 좋았다. 생각했던 상황은 아니었지만 어쩔 수 없었다.

"하아."

한숨과 함께 두 사람을 쳐다봤다.

"실은……."

그간의 이야기가 무혁의 입에서 튀어나왔다. 이야기를 듣는 이혜연과 강지연의 표정이 시시각각 변했다.

"그래서 지금 회사를 그만두고……."

"응, 일루전 하고 있어."

"어, 어떻게 그런 일을 한마디 상의도 없이 할 수가 있니!"

이혜연은 크게 화를 냈다. 하지만 무혁은 시선을 피하지 않았다.

"엄마, 내가 하고 싶은 일이야."

"하지만……!"

"마음도 여유로워졌고 생활도 풍족해졌어. 난 회사 다닐 때보다 지금이 훨씬 더 좋아. 엄마도 어릴 때부터 내가 하고 싶은 일 하면서 행복하게 살라고 했었잖아."

이혜연, 그녀의 동공이 흔들렸다. 무혁의 말은 틀리지 않았다. 정말 행복하게 살아가기를 원했으니까.

그래도 회사를 그만두다니. 게임에 인생을 바치겠다니.

사실 이혜연도 강지연의 도움을 받아 일루전을 가끔 하고 있기는 하다. 정말 현실 같은 게임이라는 생각이 들었다. 재미도 있었고. 그랬기에 더 이해할 수가 없었다. 그저 게임이지 않은가.

"그래도 게임이잖니."

목소리가 많이 누그러졌다. 무혁은 지금 조금 더 확실하게 이야기해야 한다고 생각했다.

"단지 게임이 아니야. 전 세계 10억이 넘는 수의 사람이 하고 있어. 내가 하는 대륙만 해도 아시아 사람이 모두 모여 있고, 그 사람들이 사방에 있어. 게임 시스템 덕분에 외국인과도 대화가 통해. 그 안에서 할 수 있는 게 얼마나 많을까? 상상도 안 돼. 비록 게임이지만 수많은 사람이 즐기는 이상 이해관계가 얽힐 수밖에 없잖아. 그 이해관계 속에서 돈도 오가고 있어. 아주 큰돈이. 난 거기서 최고가 되고 싶은 거야."

이혜연은 생각했다. 이렇게 강경하게 말하는 아들을 본 적이 있었던가. 언제나 순하게 따라줬던 아들이다. 때로는 조금 더 강하게 의견을 말해주길 원하기도 했었다. 하지만 막상 그런 상황이 오니 정말로 다 컸다는 생각이 들어 자랑스럽기도 했고 한편으로는 섭섭하기도 했다.

혼란스러운 마음이 눈빛으로 고스란히 드러났다.

"엄마, 나 조금만 믿어줘."

"그래……."

결국 이혜연이 수긍했다.

"엄마가 널 못 믿으면 누굴 믿겠니."

"엄마……."

"아빠한테는 나중에 직접 말하렴."

"그럴게."

옆에 있던 강지연이 그제야 끼어들었다.

"대박, 일루전에 올인 중이라고?"

"어."

"그럼 레벨은?"

"시작한 지 얼마 안 돼서 생각처럼 높지는 않아."

"몇 인데?"

"50."

"50이라고?"

"응."

"뭐야, 높잖아! 얼마나 했는데?"

"4개월 조금 넘게."

강지연이 귀를 후볐다.

"뭐라고? 내가 귀가 막혔나 봐."

"4개월 조금 넘게 했다고."

"거짓말하고 있네, 이 녀석이!"

"믿기 싫으면 말고."

그때 이혜연이 강지연의 등짝을 강하게 내려쳤다.

쫘아악.

엄청난 소리가 들렸다.

"아악! 아파, 엄마!"

"이것아, 엄마는 심각한데 그렇게 웃음이 나와?"

"뭐 어때! 엄마가 생각하는 것보다 일루전은 더 대단하다니까. 레벨 50이면 돈도 상당히 벌고 있을걸?"

어머니의 눈에 불신이 서렸다.

"벌어봤자 게임이잖니."

고민하던 무혁이 결심을 내렸다.

조금은 알려줘야겠어.

"엄마."

"응?"

"나 일루전하는 4개월 동안 4,500만 원 정도 벌었어."

"뭐, 뭐라고? 그게 정말이니?"

"헐, 대박. 진짜야?"

두 사람 모두 크게 놀랐다. 무혁은 그저 고개를 끄덕였다. 그게 오히려 신뢰를 줬다.

"엄마, 들었지?"

"으, 으응."

"그냥 게임이 아니라니까."

이젠 인정할 수밖에 없었다. 그런 이혜연의 분위기를 읽은 것인지 무혁이 속으로 안도의 한숨을 쉬었다.

후우, 다행이다.

꽤 긴 시간 대화를 나눈 탓인지 진이 빠졌다. 시간도 꽤 흘렀고.

아, 약속.

벌써 해가 떨어지고 있었다. 이제 집을 나서야 했다.

"엄마."

"응?"

"나, 방송국 PD 만나야 돼서. 가 볼게."

"아, 전화했었던 사람?"

"응, 다음에 올게."

"그래, 차 조심하고."

"걱정 마."

그나마 아버지인 강선우가 없어서 다행이었다.

아버지였더라면⋯⋯.

생각만으로도 몸이 으슬거렸다.

쩝, 걱정은 나중에 하자.

신발을 신고 현관문을 열었다.

"갈게."

"밥 굶지 말고."

"알았어. 내가 어린애도 아니고."

"그래, 전화하고."

어머니의 걱정에 미소가 그려졌다.

다음에 올 땐 용돈 좀 드려야지.

이미 가족의 사랑이 얼마나 소중한지 뼈저리게 알고 있다. 무혁을 위해서 가족들이 얼마나 희생했던가. 그날들을 기억한다면 절대로 모를 수가 없다. 가족이 얼마나 소중한지를 말이다.

물론 아직도 어려운 부분이 있기는 하다. 사랑한다는 말을 한다든가, 뭐 그런 것들. 차차 고쳐 나갈 것이다. 조금씩.

문을 나선 후 도로로 나아갔다. 택시를 잡아탄 후 휴대폰을 꺼내어 일루전 홈페이지에 접속했다.

정보 게시판. 무혁의 게시물이 현재 핫이슈 1위에 등극한 상태였다. 물론 탑 3에는 속하지 못했지만 며칠만 지나면 올라갈 수 있을 것 같았다. 조회 수가 이미 10만을 넘어섰기 때문이다.

허어, 엄청난 속도네.

지금도 초당 수십이 훌쩍 넘게 조회 수가 증가하고 있었다. 잠깐 기다렸다가 새로고침을 누르면 수백의 조회 수가 올라가곤 했으니까.

댓글도 확인해 봤다.

└유레카 : 헛소리네요. 1레벨에 히든 퀘스트? 그것도 보상으로 힘, 민, 체를 2개씩이나 올려준다고요? 말도 안 됩니다.

　└마음 : 마찬가지 생각이요.

　└오르가나 : 혹시 모르죠, 진짜일지.

　└유레카 : 오르가나 님, 생각이 없으신 듯. 당연히 이슈를 노린 거짓말이죠. 뻔히 보이지 않나요?

　└허허 : 히든 퀘스트가 장난인 줄 아시나⋯⋯. 작성자님, 생각 좀 하세요.

　└꼬봉 : 보상이 더 어이없음. 1레벨에 무슨.

대부분이 부정적이었다.

무혁은 피식 웃었다.

거짓말이라고 여기면 애초에 게시물을 확인하지 않으면 된다. 그럼에도 불구하고 저들은 작성한 글을 확인했다. 그러고는 제대로 언급되어 있지도 않은 히든 퀘스트에 대해 분노를 느끼면서 댓글을 끼적였으리라.

2편도 읽겠지, 분명.

아니라고 여기면서도 혹시나 하는 마음에, 일말의 기대를 가지고서 말이다. 즉, 2편은 더 조회 수가 높을 것이 분명했다. 꽤 수입이 될 테니 그것으로 일루전 주식을 사면 될 것이다.

쩝, 주식에 관심을 좀 둘걸.

그랬다면 주식을 이용해서 작은 돈으로도 거금을 만들 수 있었을 테니까. 아쉽지만 어쩔 수 없다. 어차피 일루전 내에서 최고가 되는 게 목표였으니까. 다른 한 가지 목표가 더 있지만 그것은 좀 더 시간이 흘러야 시작이 가능하리라.

휴대폰을 주머니에 넣었다. 창가 너머의 세상이 빠르게 스쳐 갔다.

자취하고 있는 원룸 근처의 카페. 인적이 드문 곳이기 때문일까 공간이 넓음에도 불구하고 손님이 앉아 있는 테이블은 겨우 2개였다. 하지만 그 두 테이블 어디에서도 무혁을 기다리는 것처럼 보이는 사람은 존재하지 않았다.

중앙에 앉은 손님은 여성 네 명이었으니 탈락. 구석에 앉아 있는 이는 두 사람이었지만 나란히 앉은 남녀 한 쌍이었다. 연인으로 보는 게 타당했다.

뭐야, 아직 안 온 건가?

무혁은 일단 창가에 자리를 잡고 앉았다. 그런데 구석에 앉아 있던 한 쌍의 남녀가 자꾸만 무혁을 쳐다봤다. 그 시선이 마치 누군가를 기다리는 것만 같은 느낌적인 느낌이었다.

에이, 설마.

고개를 털며 창문 너머를 바라보는데 누군가가 다가오는 걸 느꼈다.

"실례합니다."

"음?"

몸을 일으킨 후 그와 마주했다. 구석에 앉아 있던 남자였다.

"혹시, 통화했었던……."

"김민호 PD님?"

"아, 네. 맞습니다. 히든 퀘스트 관련해서 글 올리신 분 맞죠?"

"네, 강무혁입니다."

"반갑습니다."

"저도 반갑습니다."

"일단 저쪽으로 가시죠."

"네, 그런데 저분은 누구신지."

걸어가면서 물어봤다. 김민호 PD가 웃으며 대답했다.

"아, 저희 프로그램 MC입니다."

"……."

그 말에 순간적으로 움찔한 무혁이었다.

유라?

그녀와는 인연이 있었다. 조폭 네크로맨서로 전직하기 위해 오크 대전사를 사냥할 때 그녀와 마주쳤었다. 끈질기게 들러붙으며 몇 가지를 질문하던 모습이 떠오른다. 물론 무혁은 끝까지 그녀를 외면하고 함정에 빠뜨리기까지 했었다.

내 얼굴을 기억하진 않겠지?

그때 정말 잠깐 스쳤다. 게다가 상대는 유명한 연예인이다. 잠깐 만난 남자를 기억하진 못하리라. 애써 스스로를 위로하며 다가갔다.

"앉으시죠."

"네."

김민호 PD와 MC인 유라가 나란히 앉았고 무혁은 두 사람과 마주하는 곳에 착석했다.

그 순간 유라의 눈동자가 미묘하게 떨렸다. 물론 무혁은 눈치채지 못했다.

"피디님."

"음?"

"이 사람이에요?"

"맞아."

유라의 입가에 미소가 그려졌다.

정말 재밌는 우연이네.

속으로 생각하며 무혁을 빤히 바라봤다. 무혁은 그녀가 자신을 기억하지 못하리라 여겼지만 아니었다. 유라는 무혁을 명확하게 기억하고 있었다.

자신을 그렇게 단호하게 뿌리쳤던 사람? 몇 명 있었다. 그러나 그들은 관심을 끌기 위해 오히려 반대로 행동했던 것이었다. 그런 눈에 보이는 작업은 다 티가 났다. 하지만 무혁은 아니었다.

그는 정말로 귀찮아했다. 심지어 자신을 함정에 빠뜨렸었다. 그날 얼마나 창피하고 부끄러웠던가. 게다가 얼마 전 편의점에서도 마주쳤었다.

"흐음, 반가워요."

속마음을 숨긴 채 먼저 인사를 건네자 무혁이 가볍게 고개를 끄덕였다.

"아, 네."

진짜 뻣뻣하네.

유라의 표정이 살짝 일그러졌지만 무혁은 여전히 별다른 표정의 변화가 없었다.

서로를 바라보는 무혁과 유라. 둘 사이에 아주 미묘한 긴장감이 흘렀다. 옆에 있던 김민호 PD가 그것을 느낀 것인지 서둘러 개입했다.

"자, 인사는 여기까지 하고. 일단 한 가지 여쭤보고 싶습니다."

"말씀하세요."

"정보 게시판에 적었던 그 히든 퀘스트, 어디까지 알고 계신가요?"

"클리어하는 방법까지 전부 알고 있습니다."

"확실한가요?"

"물론이죠."

"혹시 알려주실 수 있나요?"

무혁은 고개를 저었다.

"어차피 다음 게시물에서 확인할 수 있는 내용입니다. 그 전에 발설하고 싶은 마음은 없네요."

김민호 PD가 난감한 기색을 보였다.

"하지만 제가 알아야 정당한 대가를 드릴 수가 있습니다."

"그럼 2편이 나온 후에 이야기를 진행하면 되겠네요."

이 정도까지 말을 하면 확실하다고 봐도 괜찮지 않을까.

"그렇게 되면 프로그램 기획 의도가 달라집니다."

"기획 의도요?"

"네, 저는 일루전의 세계에서 그 정보가 먼저 언급되기를 원하고 있습니다. 그 직후에 정보 게시판에 글을 써서도 무방하리라 생각합니다. 그러면 거의 동시에 이슈가 될 것이고 서로에게 긍정적인 영향을 줄 겁니다. 저희 프로그램의 시청률과 강무혁 씨가 작성한 게시물의 조회 수가 빠르게 증가하겠죠."

"으흠……."

확실히 그의 말은 일리가 있었다.

"관심이 있으신가요?"

"네, 나쁘지 않네요."

듣고 있던 유라가 끼어들었다.

"나쁘지 않은 정도가 아니죠. 솔직히 정보 게시판 조회 수는 내용도 중요하지만 이슈도 중요하다고 봐요. 일루전의 세계가 현재 일루전 프로그램 중에서 최고라는 건 아시죠? 이 정도면 감지덕지 아닌가요?"

톡하고 쏘는 느낌의 말투였다.

성격이 원래 저런가?

김민호 PD도 조금 놀란 눈치다.

"유라야, 왜 그래?"

"아, 죄송해요. 저도 모르게……."

유라가 고개를 살짝 숙였다.

저런 모습을 보면 또 그리 나쁜 성격처럼 보이진 않았다.

설마…….

문득 그런 생각이 들었다.

날 기억하고 있나?

그러고 보니 그녀가 자신을 바라보는 눈빛이 묘하게 날카로
웠다.

예전이라면 상상도 못 했을 일이지만 지금은 그녀의 시선이
대수롭지 않게 느껴졌다. 죽은 것과 다르지 않은 삶을 수년간
보냈고 죽음의 문턱에까지 다가갔었다. 거기에 설명할 수 없는
기이한 현상까지 겪어 지금에 이르렀다.

그런 무혁의 입장에서 그녀와 있었던 일은 단지 스치고 지
나가는 작은 에피소드에 불과했다. 물론 그녀의 미모에 가슴
이 설레는 건 사실이었지만 그거야 남자이기에 발생하는 자연
스러운 현상일 뿐이었다.

"저기요."

"왜요?"

"저 기억하세요?"

그렇기에 물어볼 수 있었다. 무혁에게는 아무 의미도 없기에. 기억하고 있으면 사과하면 그만이라는 가벼운 마음이었다.

유라가 당황하며 되물었다.

"당신을 기억하냐고요?"

"네, 전에 한 번 봤었는데."

사실 유라는 당황한 상태였다. 이렇게 대놓고 물어볼 거라고는 생각하지 못했기 때문이다. 그래서 뭐라고 대답을 해야 할지 망설였다.

아니, 내가 왜 고민을 하는데?

그녀는 잠시 미간을 찌푸렸다가 무혁을 똑바로 쳐다봤다.

"네, 당연히 기억하죠."

"아, 그렇군요."

무혁이 고개를 살짝 숙였다.

"그땐 죄송했습니다."

"……"

사과를 하는데 뭘 할 수 있으랴. 그녀는 고개를 끄덕였다.

"네, 뭐……"

그 모습을 지켜보던 김민호 PD가 두 사람을 번갈아 쳐다봤다.

"아는 사이셨어요?"

"아, 피디님, 그건 아니구요."

"그럼?"

"게임에서 한 번 마주쳤었어요. 인터뷰를…… 했었죠."

"아, 그랬군."

웃으며 무혁에게 말했다.

"유라와 인터뷰까지 했다니 이것도 인연이네요."

"그런가요?"

"하하, 그럼요."

분위기가 한결 편해졌다고 느낀 걸까. 김민호 PD가 본론으로 들어갔다.

"자, 그럼 자세한 계약 내용에 대해서 말씀을 좀 드려보죠. 일단 정보에 대한 가치는 시청률에 따라 달라질 겁니다. 현재 저희 프로그램의 최근 1개월 동안의 평균 시청률이 19.7퍼센트입니다."

지금 시대에 19퍼센트라면 그야말로 어마어마한 수치였다.

"기본적으로 500만 원을 지급할 예정이고 시청률이 19.7퍼센트보다 높을 경우 추가적인 인센티브를 지급할 예정입니다."

"인센티브라면?"

"0.1퍼센트가 상승할 때마다 50만 원을 추가로 지급할 겁니다."

무혁은 잠시 생각했다.

흐음, 이슈가 되면…….

그래도 1퍼센트 이상은 상승하지 않을까. 운이 좋으면 2퍼센트 이상. 그러면 500만 원에서 천만 원의 인센티브를 받게 된다.

방송이 확실히 통이 크네.

랭커가 되어 출연한다면 1회 출연료만 2천만 원이 훌쩍 넘을 것이다. 특집이라면 그보다 높을 것이고.

"정보를 구입하는 것이기 때문에 이것보다 많이 드리는 건 어렵습니다."

"흐음."

"대신 저희 프로그램에 출연할 수 있게 해드리죠."

김민호 PD의 입장에서야 프로그램 출연이 회심의 한 수였으리라. 하지만 무혁에겐 그리 내키지 않은 제안이었다.

"출연은 괜찮습니다."

"네?"

"대신 인센티브를 높여주시죠."

"으음, 그건…….'

"기본을 300만 원으로 줄이고 인센티브는 0.1퍼센트 상승할 때마다 70만 원으로."

기본을 줄였다. 무혁의 제안에 김민호 PD가 고민을 거듭했다. 그때 무혁이 말했다.

"솔직히 말해서 1퍼센트 정도 오를 것 같은데, 아닌가요?"

사실 김민호 PD도 알고 있었다. 기껏해야 1퍼센트, 진짜 많이 상승해야 3퍼센트 정도다.

"잘 아시네요."

"그럼 무리한 건 아니네요."

"그렇죠."

이야기를 조금 더 나누면서 결국 기본 350만 원. 인센티브는 0.1퍼센트마다 65만 원으로 정해졌다.

"잠시만요."

김민호 PD가 카페 주인과 이야기를 나누더니 돌아왔다.

"여기 프린터기가 있더군요. 바로 계약이 가능할 것 같습니다."

그러면서 노트북을 꺼냈다.

타닥, 타다닥.

저장되어 있던 원본 계약서를 수정했다. 이후 카페 주인에게 부탁해서 인쇄를 한 후 그 자리에서 계약을 마쳤다. 도장이 없었지만 인장으로 대체할 수 있었기에 무리는 없었다.

"기본급은 메일을 받은 후에 바로 입금될 겁니다. 인센티브는 시청률이 나오면 지급될 거고요. 히든 퀘스트 관련 메일은 17일 오전 9시 안으로 꼭 주셔야 합니다."

"걱정하지 마세요."

"그럼 믿고 가겠습니다."

김민호 PD와 유라가 일어났다. 김민호 PD가 값을 계산하는 동안 유라는 무혁을 빤히 바라봤다.

"저기요."

"네?"

"게임 아이디가 뭐예요?"

"왜요?"

"저한테 그런 짓을 했으면 아이디 정도는 알아도 되는 거 아니에요?"

딱히 거절할 명분이 없었다.

"무혁입니다."

"무혁?"

"네."

"알겠어요."

그러더니 고개를 휙 돌렸다.

"유라야, 가자."

"네, 피디님!"

함께 카페를 나섰다. 김민호 PD와 유라는 차량이 주차된 곳으로 향해야 했고 무혁은 반대쪽이었다.

"그쪽으로 가시나요?"

"네."

"반대편이네요. 아무튼 살펴 가시고 메일 기다리겠습니다."

"알겠습니다."

"그럼."

김민호와 유라는 주차장으로, 무혁은 집으로 향했다.

한편.

차량에 탑승한 두 사람.

"흐음, 어떻게 된 거야?"

"뭐가요?"

"그 친구 말이야."

김민호 PD와 유라가 무혁에 대한 이야기를 나눴다.

"방금 전 그 사람이요?"

"그래."

"뭐가 궁금한 거예요?"

"아는 사이라며?"

"그렇죠, 뭐."

"어떻게 만났는지, 또 어떤 사람인지 궁금해서."

유라가 미간을 찌푸렸다.

"그냥 게임에서 우연히요."

"어쩌다가?"

"다크 님 찾으려다가요."

"아아, 그랬어?"

"네, 근데 뭐, 썩 좋은 기억은 아니에요."

"왜? 보니까 괜찮던데."

"그냥 저랑 조금…… 그래요."

김민호가 유라를 빤히 바라봤다.

"이상하네."

"또 뭐가요?"

"너 원래 관심 있는 남자 나타나면 항상 그러잖아. 톡 쏘고, 미간 찌푸리고."

"무, 무슨 소리예요, 삼촌!"

"당황하니까 더 의심스러운데?"

"아니라니까요!"

"흐음? 더 수상해."

"삼촌!"

한바탕 소란이 일어났다.

외날칼이 8마리, 칼날 궁수가 4마리, 칼날 법사가 2마리. 총 14마리가 공격을 퍼부었다.

스스슷!

이번에는 스켈레톤 일부를 빼내어 궁수와 법사를 공격하도록 만들었다. 물론 나머지 스켈레톤은 여전히 무혁과 성민우를 지키는 상태였다.

"후우, 확실히 수가 늘어나면 빡세단 말이야."

"아무래도 그렇지."

무혁과 성민우는 절대로 중심에서 이탈하지 않았다. 덕분에 성민우는 정령의 지휘에 집중할 수 있었고 무혁도 안전이 보장된 덕분에 조급하지 않을 수 있었다.

"마무리하자고."

"오케이!"

무혁은 자리 잡은 네 마리의 스켈레톤 메이지를 보며 명령했다.

메이지, 마법 공격.

메이지 네 마리의 속성이 제각각이었다. 그래서 더 강력했다. 특히 물 속성의 메이지와 전격 속성의 메이지가 함께 마법을 쓸 때는 무혁도 놀랄 정도였다. 지금 그 마법을 다시 한 번 놈들에게 퍼부었다.

물에 젖은 바닥, 그리고 젖어버린 몬스터들. 그 위로 꽂히는 전격.

크에에에엑!

듣기 싫은 괴성이 터졌다.

강력한 활쏘기.

저 먼 곳에 위치한 칼날 법사의 가슴에 화살이 꽂혔다.

[크리티컬이 터집니다.]

[656의 대미지를 입힙니다.]

그간의 피해에 더해진 덕분일까. 그 한 방에 놈이 사라졌다.

좋아!

무혁은 앞으로 나가 있는 강화뼈 두 마리와 검뼈 세 마리를 지휘하여 외날칼을 잡아뒀다. 그 와중에 나머지 칼날 법사와 칼날 궁수를 처리했다.

남은 녀석은 외날칼뿐. 궁수와 법사가 없는 이상 어렵지 않은 일이다.

한 마리, 그리고 또 한 마리.

키에에엑!

숫자가 줄어들수록 외날칼이 죽어 나가는 속도가 더욱 빨라졌다.

결국 마지막 한 마리까지 처리를 했다.

"사체 분해."

외날칼의 뼈를 획득한 후 휴식을 취했다.

"후우, 좀 쉬자."

"그래."

성민우와 무혁 둘 다 1회용 제작 도구를 꺼내어 각자의 취향에 맞는 무구를 제작했다.

타앙, 타앙!

망치질 소리가 하염없이 울렸다.

[제작을 완료하였습니다.]

물론 힘이 높은 무혁이 먼저 제작을 마쳤다. 그 뒤로 성민우까지.

"오오!"

그가 탄성을 내뱉었다.

"왜?"

"꽤 괜찮은 게 나와서."

"그래?"

성민우가 만든 것은 너클이었다.

[의욕의 너클]

공격력 68

힘 +2

내구도 : 110/110

사용 제한 : 힘 25

사용 제한도 적당했고 공격력도 꽤 높았다.

"오, 괜찮네."

"그치, 그치? 캬, 진짜 오랜만에 괜찮은 거 떴네."

이 역시 성민우의 힘이 낮지 않기 때문에 가능한 일이었다.

사실 게임이 오픈하고 아직 1년이 지나지 않은 시점이기에 대장장이를 서브 직업으로 두고서도 괜찮은 수입을 올릴 수 있었다. 하지만 1년이 흐르고, 조금 더 시간이 지난다면 대장장이 직업을 메인으로 둔 유저들의 실력이 가파른 선을 그리며 성장할 것이다. 그때부터는 정말 소소한 수입만 올릴 수 있을 것이다. 그래서 지금 더 박차를 가해서 괜찮은 수입을 만들어 둬야 했다.

"이건 느긋하게 팔아봐."

"그래야지. 72시간 경매다!"

성민우와 무혁 모두 경매 시스템에 방금 만든 무기를 올렸다. 무혁은 10골드에, 성민우는 72시간 경매로.

"가야지, 다시."

휴식도 충분히 취했으니까.

나아가며 대화를 나눴다.

"후우, 벌써 4일째인데 언제 끝나려나?"

"조금만 더 가면 될걸?"

"크, 생각보다 답답하네."

"이 정도로 뭘."

"이 정도? 그럼 다른 던전은 더 힘드냐?"

"당연하지. 2주 이상 걸리는 던전도 있어. 3층 이상 던전도 많고."

"허얼……"

그때였다. 저 멀리 막혀 있는 벽이 보였다.

"어?"

가까이 다가갔다. 확실히 막혀 있었다.

"뭐야? 왜 막혀 있어?"

"끝났네."

"아, 클리어?"

고개를 끄덕이는 순간이었다.

환한 빛이 뿜어졌다.

['특수 던전'을 클리어하였습니다.]

[보상으로 '랜덤 스탯 상자(×5)'를 획득합니다.]

두 사람 모두 동일한 보상을 받았다.

"오오, 오오오오!"

성민우가 괴성을 내질렀다.

"랜덤 스탯 상자라니, 그것도 다섯 개씩이나!"

"뭘 이 정도로."

"이, 이것보다 더 좋은 보상도 많다는 거야?"

"당연하지."

"허어, 대박이다. 진짜!"

"오버하지 말고. 일단 나가자."

"자, 잠깐만! 확인 좀 하고!"

"아, 그래."

무혁도 인벤토리를 확인했다. 랜덤 스탯 상자 5개와 파괴자의 방패가 있었다.

상자부터.

상자를 개봉하자 메시지가 떠올랐다.

[지혜(1)가 상승합니다.]

남은 네 개도 연이어서 개봉했다.

[힘(1)이 상승합니다.]
[지혜(1)가 상승합니다.]
[체력(1)이 상승합니다.]
[민첩(1)이 상승합니다.]

힘, 민첩, 체력이 1개씩, 지혜는 2개가 올랐다. 나쁘지 않았다.

"너 뭐 올랐어? 난 힘 두 개랑 체력 세 개."

"난 지혜 두 개랑 힘, 민, 체 한 개씩."

"크으, 대박이다. 공짜로 5레벨을 올린 거잖아. 하아, 미쳤다. 진심으로!"

스탯 다섯 개. 확실히 만족스러운 던전 탐험이었다.

제3장
블랙 길드의 가입 권유

　정신을 차리고 던전에서 나왔다. 나타난 곳은 광산의 마지막 장소였다. 다행히 아무도 없었기에 두 사람은 아무 일도 없었던 것처럼 행동하며 광산을 벗어났다.

　"나, 결정했다."

　그때 갑자기 성민우가 진지하게 말을 건네왔다.

　"뭘?"

　"너처럼 일루전에 올인하기로."

　"결정한 거야?"

　"응."

　표정은 확고해 보였다.

　"잘 생각했어."

　대화를 나누는 사이 카르벤 왕국의 북문에 도착했다.

"그러니까 좀 도와줘라."

"걱정 마. 말 나온 김에 너 퀘스트나 먼저 해결하고 와라."

"퀘스트?"

"50레벨 돼서 얻은 퀘스트 있잖아."

"아, 스승 찾아가는 거?"

"응, 꽤 오래 걸릴지도 모르니까."

"오케이, 그럼 퀘스트 끝나고 보자!"

"그래."

성민우가 손을 흔들며 멀어지고 홀로 남은 무혁.

오랜만에 혼자 사냥이나 해볼까.

광장을 지나 남문으로 향했다.

레벨 57의 몬스터 적호. 붉은 피부에 검은 줄무늬를 지닌 녀석이다. 꼬리를 제외하고 머리부터 엉덩이까지의 길이만 4미터에 달한다. 꼬리까지 한다면 5미터가 넘어가는 거구의 몬스터이다. 1미터가량의 놈의 꼬리는 공격의 한 수단으로 이용될 정도로 유연하며 질긴 것이 특징이다.

적호는 빠르고 강하지만 한 가지 약점이 있다. 마법에 약하다는 점이다. 그걸 아는 많은 유저가 마법사를 구해 파티 사냥을 하고 있었다.

각종 마법이 사방에서 뿜어졌다. 광활한 들판이, 그리고 하늘이 마법으로 뒤덮였다.

콰과과광!

무혁은 그 사이를 지나갔다. 고레벨 유저들만 모인 곳이라 그런지 특이한 직업을 지닌 유저도 꽤 보였다. 그들을 힐끔 쳐다보는 유저들도 있었지만, 이내 관심을 끊고 사냥에 집중했다. 그리 대수로울 게 없다고 여긴 모양이다.

저벅.

무혁을 쳐다보는 이들 역시 있었다.

혼자서?

그런 의문 탓이었지만 곧 시선을 거뒀다. 혼자서 오든, 혹은 어딘가에 동료가 있든, 그도 아니라 길을 잃었든 남의 일에 관해서 신경 쓸 필요는 없었기 때문이다.

"소환."

그가 스켈레톤을 소환하기 전까지는 말이다.

스켈레톤?

문제는 그게 아니다. 그가 소환한 스켈레톤의 수가 스물을 훌쩍 넘는다는 것이었다.

"스물다섯?"

"음? 무슨 소리야?"

"아니, 저기……."

한 유저가 무혁을 가리켰다. 몇 명의 동료가 그 방향을 쳐다봤다. 그리고 보았다. 한 명의 유저를 둘러싸고 있는 엄청난 수의 스켈레톤을 말이다.

"허어, 뭐야. 저건?"

"숫자가 어마어마한데?"

"네크로맨서 파티라도 왔나?"

처음부터 무혁을 힐끔거리던 한 명의 유저가 말했다.

"아니, 혼자야."

"뭐?"

동료가 놀라며 물었다.

"혼자라고?"

"응, 내가 보고 있었거든."

"말도…… 안 돼."

이곳에 있는 유저 대부분이 50레벨 중반은 훌쩍 넘은 상태였다. 그런 이들조차 말이 안 된다고 여길 정도로 무혁이 소환한 스켈레톤의 수는 비정상적이었다. 하지만 그것도 잠시.

"으음."

이내 스스로의 관념에 따라 이해해 버렸다.

"스켈레톤만 있잖아."

"그렇지."

"엄청 약한 게 아닐까? 솔직히 저렇게 많은데 전부 다 강한 건 말이 안 되고. 그냥 물량 전술 같은데."

"그런 네크로맨서도 있었나?"

"일루전이 워낙에 방대하잖아."

대부분이 고개를 끄덕였다.

그 순간이었다.

콰아앙!

폭발음이 옆에서 들렸고.

휘익.

다들 고개를 돌렸다.

스켈레톤과 적호의 전투 장면이 시야에 들어왔다.

----------!!!

눈을 뗄 수가 없었다.

네 마리의 메이지가 뿜어낸 마법.

콰과과광!

아무리 봐도 스켈레톤이라고 생각할 수 없는 수준이었다.

당연하다. 50레벨이 되어서야 소환이 가능한 녀석들이다. 시작부터 45의 레벨을 지니며 또한 100골드 이상을 사용해 구입한 지팡이를 들고 있다.

이것이 끝이 아니다. 현재 무혁의 지식이 21, 그것의 30퍼센트인 6이 지식으로 고스란히 전이되었다. 거기에 속성까지 다르다. 맞물리며 파괴력이 배가 되었다. 강할 수밖에 없는 것이다.

마법뿐이 아니었다.

파방! 파바방!

일곱 마리의 아처가 쏘아 보낸 뼈 화살이 하늘을 수놓았다.

연사로 인해 총 14대의 뼈 화살이 적호를 노렸다.

무혁의 화살 한 대도 더해졌다.

강력한 활쏘기.

적호는 그 공격을 고스란히 맞을 수밖에 없었다.

키릭, 키리릭.

강화뼈와 검뼈들이 적호를 둘러싼 상태였기 때문이다. 두 마리의 강화뼈가 적호의 공격을 막아내고 있었으며 나머지 검뼈들이 적호의 길목을 차단했다. 틈틈이 검을 내질러 피해까지 입히고 있었으니 적호로서는 아주 난감한 상황이었다.

크워어어어!

포효하며 몸을 거칠게 틀었으나 강화뼈가 놓아주지 않았다.

압도적인 숫자?

그것만으로는 부족했다. 한 마리 한 마리가 각자의 할 일을 했으며 또한 결코 약하지 않았다.

물론 강화뼈를 제외하고 검뼈만으로는 부족한 게 사실이긴 했다. 지금 적호의 꼬리에 맞은 검뼈12의 허벅지가 부서지며 바닥에 주저앉았으니까. 본래라면 그 빈틈이 쌓이면서 적호에게 기회를 줬으리라.

지금은?

아니었다. 무혁 역시 성장했으니까. 지휘가 범상치 않았다.

스스슥.

빈자리를 순식간에 강화뼈1이 대신했다. 강화뼈2가 적호의 앞에서 놈을 흥분시켰으며 다시 쏘아진 뼈 화살이 적호를 상처 입혔다.

그 순간 되돌아온 쿨타임.

죽은 자의 축복.

뿜어진 보랏빛이 쓰러져 있던 검뼈12를 휘감았다.

키리릭.

부서졌던 허벅지가 다시 생성된 검뼈12, 녀석이 천천히 몸을 일으키더니 강화뼈1의 뒤로 향했다. 그러자 강화뼈1이 강화뼈2의 옆으로 이동했다. 적호의 공격을 집중적으로 받고 있던 강화뼈2를 뒤로 물렸고 그 자리를 강화뼈1이 차지했다.

크르, 크르르.

적호의 포효가 죽어간다. 움직임도 마찬가지. 놈의 움직임이 느려질수록 스켈레톤들의 공격은 거세어졌다.

다시 한번 마법이 뿜어지고.

콰과과광!

거대한 폭발과 함께 먼지가 치솟았다.

후우웅.

흩날린 먼지 사이로 녀석이 보였다. 쓰러져 버린 적호가 말이다.

단 한 번의 사냥이었다. 그것으로 이미 주변 고레벨 유저들의 시선을 사로잡아 버렸다.

"미친, 저거 뭐야……?"

"스켈레톤이 치유까지 되나?"

"아니, 그걸 떠나서 스켈레톤이 뭐가 저렇게 세냐고. 특히 저 흰색 뼈 갑옷 입은 것처럼 보이는 녀석이랑 검은색 갑옷 입고 있는 두 마리는 완전히 사기급인데?"

"레벨이 몇일까?"

"적어도 60이겠지."

"흐음, 그럼 랭커라는 이야긴데……."

대부분이 고개를 저었다.

아무리 랭커라도 이건, 좀…….

그 말이 목구멍까지 치솟았다. 너무한 게 아닌가. 아무리 60레벨의 유저라고 해도 적호를 홀로 저렇게 쉽게 잡는 유저는 거의 없다.

물론 소환 계열이라는 점을 감안해야겠지만 그래도 말이 안 된다. 사냥 속도가 너무 짧았기 때문이다.

60레벨의 근접 공격형 유저가 사제의 힐, 버퍼의 버프를 받고 사냥해야 저 정도 속도가 나올까 말까일 것이다. 그런데 홀로 저렇게 빠른 속도로 적호를 잡는다?

놀랍고 또 놀라울 뿐이다.

동시에 거부감이 피어오른다. 너무 빠른 사냥 속도에 대한

부러움과 질시가 샘솟았다.

"뭐, 네크로맨서가 사냥 속도에 특화되긴 했으니까."

"분명 소환 계열 중에서는 최고지."

"맞아. 소환수가 유독 많기는 한데, 그래 봤자 결국 나중에 플레이어끼리 대결하면 저기서 지휘하는 유저만 끝내면 되는 거니까."

그렇기에 끌어내렸다. 자신들과 같은 위치로. 하지만 저들은 알까? 무혁 본인의 실력도 결코 범상치 않다는 사실을 말이다.

그 와중에도 무혁의 사냥은 계속되었다.

키리릭! 키릭!

파티를 맺어 힘겹게 사냥하는 다른 유저와 너무나도 비교가 되었다. 편해 보였다. 너무나 쉬워 보였다.

그때였다.

저 멀리서 한 무리의 파티가 다가왔다. 가슴에 새겨진 마크. 카르벤 왕국에서는 조금 이름이 알려진 블랙 길드였다.

"음?"

블랙 길드에서 실력으로 알아주는 유저, 바람이 기묘하게 가라앉은 공기를 느꼈다.

"분위기가 왜 이래?"

"그러게."

함께 있던 동료와 함께 주변을 훑었다.

마법사 홍염이 손짓했다.

"저기."

모두의 시선이 그곳으로 향한다.

수십의 스켈레톤과 한 마리 적호의 처절한 사투가 벌어지고 있는 곳, 아니, 거대한 덩치의 적호가 뼈만 앙상한 스켈레톤에게 압도되고 있는 기괴한 현장에.

흠칫.

그들 역시 놀란 모양이었다.

"휘유, 엄청난데?"

"저 유저 아는 사람 있어?"

"으음, 글쎄……."

"난 모르겠어."

"나도."

그 말에 바람이 눈을 빛냈다.

"저 정도면 대단하지?"

"당연하잖아."

"흐음, 재밌네. 기다려 봐."

그러면서 무혁에게로 다가갔다.

한편.

무혁은 누군가가 다가오고 있음을 알면서도 모르는 척했다. 귀찮았기 때문이다. 그냥 지나가는 사람일 수도 있고.

우뚝.

하지만 그 누군가는 무혁의 바로 옆에서 멈췄다. 사냥을 이어가는 중이었기에 말은 걸진 않았지만 당신에게 볼일이 있다는 의도를 여지없이 풍기고 있는 사내의 모습에 무혁은 속으로 한숨을 내쉬었다.

콰과과광!

마침 적호 사냥이 막바지에 다다랐다.

놈이 회색빛으로 물들어 간다. 무혁은 놈에게로 향해 사체 분해를 했다.

[적호의 뼈(×2)를 획득합니다.]

그제야 사내가 말을 건넸다.

"실례합니다."

"무슨 일인지."

"혹시 레벨이 몇이신지 알 수 있을까요?"

"……."

무혁은 대답하지 않았다. 바람이 부드럽게 웃었다.

"아, 저는 블랙 길드원인 바람이라고 합니다. 네크로맨서 중에서 이 정도로 대단한 활약을 보여주는 유저가 없었거든요. 그래서 호기심에 이렇게 다가오게 되었네요. 사실 가입 권유를 하고자 하는 마음도 있고요."

"가입 권유요?"

"네, 블랙 길드에 가입하실 생각이 있으신지 궁금해서요."

"으음……."

블랙 길드. 전체 길드원의 수가 500명 남짓이다. 물론 카르벤 제국에서는 꽤 큰 규모의 길드라고 할 수 있었다. 하지만 대한민국으로 보자면 100위권에도 들지 못하는 작은 규모였다. 아시아 유저가 모인 포르마 대륙 전체로 따진다면 카르벤 왕국에서 지내고 있는 유저를 제외하고는 거의 대부분이 모른다고 봐도 과언이 아니었다.

블랙 길드, 어디더라?

한참을 고민하던 무혁의 눈이 빛났다.

아, 거기.

문득 떠오른 것이다.

동시에 미간이 절로 찌푸려졌다. 소문이 좋지 않은 곳이기 때문이었다. 유저를 많이 괴롭힌 걸로 아는데, 그런 곳에서 가입 권유라…….

무혁이 미래의 정보를 알고 있기에 불쾌함을 지우지 못한 채로 고개를 저었다.

"관심 없어요."

"네……?"

"관심이 없다고요."

"아, 저기, 저희 길드 카르벤에서 꽤 큰데 모르시나요?"

"압니다."

"음, 그러면 생긴 지 얼마 안 된 것도 아시죠? 그 짧은 시간에 카르벤에서 손가락에 안에 들 정도로 거대해진 곳이에요. 미래를 본다면 10대 길드도 꿈이 아니라고 생각하거든요. 한번 진지하게 생각해 보세요. 나쁘지 않은 제안이에요."

"관심 없습니다."

"으음."

무혁은 그를 직시하며 다시 말했다.

"제가 사냥을 해야 해서요."

"아, 네……."

"그럼."

그렇게 등을 돌려 저 멀리 리젠된 적호에게로 향했다. 스켈레톤과 함께 놈을 사냥하기 시작했다.

그 모습을 멍하니 바라보고 있던 바람, 그에게로 동료들이 다가왔다.

"바람."

"으, 으응?"

"왜 그렇게 멍해? 뭐라던데?"

"아니, 그냥. 거절당했거든."

"거절?"

"응……."

"다른 길드에 가입되어 있는 건가?"

"그건 아닌 것 같던데……."

당사자가 싫다는데 어떻게 더 할 수도 없는 일이었다.

"뭐, 어쩔 수 없잖아. 가자."

"아아, 그래."

"부길드장한테는 말하지 말고."

"당연하지."

부길드장이 알면 상황이 귀찮아질 것이다. 다들 입을 다물기로 약속한 후 본래 가려던 목적지로 향했다.

이게 얼마나 큰 사건으로 이어질지 상상도 하지 못한 채로 말이다.

일루전 홈페이지에 동영상 하나가 올라왔다.

제목은 단순했다.

[제목 : 이게 진짜 네크로맨서?]

하지만 묘하게 호기심을 자극했다. 자연스럽게 클릭하게 되었다.

딸칵.

곧바로 동영상이 재생되었고 화면은 스켈레톤 무리와 적호의 전투로 시작이 되었다.

처음 동영상을 본 유저 대부분이 네크로맨서 파티인가? 라는 생각을 했다. 하지만 적호가 마무리되고 화면이 넓어지면서 그 생각이 틀렸음을 알게 되었다.

한 명이었다. 겨우 한 명. 저 많은 스켈레톤을 겨우 한 명의 유저가 지휘하고 있던 것이다.

와, 엄청나네? 사기잖아?

그런 생각이 이어질 무렵 그 유저에게 누군가가 다가섰다.

-실례합니다. 혹시 레벨이 몇이신지 알 수 있을까요? 아, 저는 블랙 길드원 바람이라고……:

길드 가입 권유였다.

블랙 길드.

대부분이 모르는 곳이었다.

어디야, 여기가?

하지만 권유를 받는 사실 자체에는 부러움을 느끼고 있었다.

가입하려나?

그런 생각이 절로 들 무렵.

-관심 없어요.

네크로맨서 유저의 한마디가 뇌를 강타했다.

　└한방 : 진심 웃었네요. 뿜었음!

┗아레나 : 근데 블랙 길드가 어디예요? 듣보잡 같은데.

┗장사만해요 : 블랙 길드, 카르벤 제국에서 조금 큰 곳이에요. 물론 대륙 전체로 보면 보잘것없기는 하죠. 근데 카르벤 제국에서 얼마나 잘난 척을 하는지…….

┗댄서 : 저도 카르벤 제국 유저예요. 블랙 길드 소문이 좀 안 좋죠.

┗아레나 : 그래요? 얼마나 안 좋기에…….

┗댄서 : 제가 듣기로는…….

블랙 길드 악담이 빠르게 퍼졌다.

┗이야기꾼 : 그보다 저 네크로맨서가 소환하는 스켈레톤 너무 센 것 같은데요. 그 부분에 대해서는 이야기가 거의 없네요?

┗춤추는 사람 : 댄서 님, 지금 그게 문제가 아니에요. 위에 댓글 보면 알겠지만 블랙 길드가 유저 PK도 하고 그러거든요. 아마 저 유저 곧 안 좋은 일 당할걸요? 지금 유저 대부분이 그 부분에 초점을 맞추고 있다고요.

길드 가입 권유를 거절한 일종의 가벼운 해프닝. 그리고 블랙 길드에 관한 악담으로 인해 무혁의 사기적인 능력이 묻혀 버렸다.

┗구름 : 이상하네요. 제가 알기로는 블랙 길드 평판 괜찮은 걸로 아

는데…….

└**춤추는 사람 : 아, 부길드장이 쓰레기거든요.**

└**구름 : 아아, 그렇군요.**

소문은 빠르게 번졌고 그 소문은 결국 블랙 길드의 부길드
장에게로 전해졌다.

"그래?"

"네."

블랙 길드가 웃음거리가 된 것이다.

감히……!

부길드장은 언제나처럼 독단적으로 일을 진행시켰다.

"이 새끼, 찾아."

블랙 길드의 자긍심을 되찾는다는 명분하에.

헬스장에서 운동을 하면서 성민우와 통화를 했다.

-아, 퀘스트가 조금 힘들어서. 아무래도 오래 걸릴 것 같은데.

"그래?"

-응, 일단 혼자서 사냥하고 있어.

"알겠어. 어차피 내가 알고 있는 던전 레벨이 60이니까. 크
게 상관은 없겠지."

-그럼, 설마 60까지 안 되려고. 일단 퀘스트 한 개는 깼거든. 근데 아직 3개가 남아서.

"으음, 2주는 걸리겠네."

-응, 그 정도 걸릴 것 같아.

"그래, 그럼 그때 보자."

-오케이.

통화를 끊고 다시 운동에 집중했다.

"후웁, 후우……"

운동을 마치고 집으로 돌아가 곧바로 일루전에 접속했다.

적호를 사냥하다가 길드 가입 권유를 받은 이후 혹시 모를 귀찮음을 피하기 위해 다른 사냥터로 이동했다.

드레이크, 레벨 59. 도마뱀처럼 생긴 몬스터로 엄청난 방어력을 자랑하는 것은 물론이고 순간적인 가속도로 박치기를 하는데 그 대미지가 어마어마하다. 거기에 입에서 불까지 내뿜어서 상대하기가 여간 까다로운 것이 아니었다.

하지만 드레이크 역시 약점이 있다. 전기에 약하다는 것.

좀 버겁긴 하지만……

좋은 점이 한 가지 있었다. 드레이크를 사냥하는 파티가 거의 없다는 점이다. 그리 넓지 않은 사냥터임에도 불구하고 아주 간간이 유저가 보일 정도였으니 말이다.

무려 레벨 59의 몬스터다. 랭킹 1위의 레벨이 65이고 1만 랭커가 62레벨이다. 당연히 레벨 59짜리 몬스터를 사냥할 유저가 많지 않은 게 현실이었다.

사실 랭커 입장에서는 굳이 드레이크를 잡을 필요가 없었다. 이 녀석보다 까다롭지 않은 몬스터가 많았으니까.

그때였다.

키리릭!

드레이크의 박치기 공격에 검뼈 한 마리가 부서졌다.

역시 세단 말이야. 강화뼈가 없었다면 사냥은 절대로 무리였으리라. 스킬 하나만 없었어도 마찬가지였겠지.

무혁은 잡념을 지우며 메이지에게 명령했다.

메이지3, 얼음 알갱이.

그러자 메이지3이 마법을 사용했다.

얼음으로 된 알갱이가 허공에 생성되더니 드레이크를 향해 뻗어 나갔다.

검뼈 전원, 후퇴.

메이지4, 전격의 구름.

곧이어 구름이 생성되더니 드레이크를 향해 내리꽂혔다.

쿠에에에엑!

드레이크가 괴성을 내질렀다.

활뼈가 연사를 했다. 그리고 후퇴했던 강화뼈와 검뼈들이 다시 드레이크를 휘감았다.

발광하던 녀석이 분노하며 입을 크게 벌렸다. 그곳에서 뿜어진 화염이 검뼈 세 마리를 휘감았다. 녀석들의 HP가 빠르게 줄어들고 있었다.

후퇴.

명령을 내려 뒤로 물리게 하자 더 이상 추가적인 피해는 없었다. 보통의 유저였다면 착용하고 있는 옷이 타면서 피해를 지속적으로 입혔을 것이다. 화상을 입게 되면 HP가 더욱 빨리 줄었을 것이고.

하지만 지금 드레이크가 상대하고 있는 것은 유저가 아니라 뼈밖에 남지 않은 스켈레톤이었다. 일종의 천적이랄까.

무혁은 웃으며 다시 공격을 명령했다.

키리릭!

하지만 역시 쉽지는 않았다. 결국 검뼈 12마리와 강화뼈1을 희생시키고서야 놈을 처리할 수 있었다.

역소환을 당했기에 재소환까지 얼마간의 시간이 필요했다. 무혁은 드레이크가 리젠되지 않은 곳에 자리를 잡고 앉은 후 휴식을 취했다.

타앙! 탕!

검 한 자루를 제작하면서 말이다.

드디어 보고가 올라왔다.

"드레이크 서식지?"

"거기서 사냥하고 있다는 제보를 받았고 직접 확인하고 왔답니다."

"확실한 거지?"

"네."

"좋아. 다섯 명만 보내."

"누구를 보낼까요."

부길드장은 길드에 속하지 않은 유저 20명을 데리고 있다. 길드에 속한 이들로 처리하기 번거로운 일을 맡기기 위함이다. 때때로 이런 일이 벌어질 때마다 그들을 이용하여 처리를 해왔다.

지금도 마찬가지다. 그들 중 다섯이라면 충분하다. 아니, 오히려 과할 것이다. 하지만 스켈레톤이 꽤 많다고 하니 만약을 대비해서 그 정도 인원을 보내기로 했다.

"흑랑이랑 그 아래 네 명."

"흑랑, 말씀입니까?"

"그래."

"알겠습니다."

조금 과하다고 여겼지만 부길드장의 명령이었다. 그는 그저 따를 뿐이었다.

곧이어 메시지가 흑랑에게 전달되었다.

[드레이크 서식지. 네크로맨서 유저 척살. 다섯.]

메시지를 받은 흑랑이 웃었다.

오랜만에 PK구만.

그도 귀가 있으니 그간의 일을 알고 있다. 동영상도 봤고 얼굴도 기억이 난다.

곧바로 동료 네 명을 불렀다.

"네크로맨서?"

"응."

"흐음, 우리 전부 가야 하나? 겨우 네크로맨서잖아."

"맞아, 두 명 정도면 충분할 것 같은데."

네크로맨서 사냥은 아주 쉽다. 소환물을 신경 쓰지 않으면 된다. 스켈레톤을 소환하고 지휘하는 유저만 처리하면 되는 것이다.

"부길드장이 원하니까."

"쩝, 어쩔 수 없지. 해결하면 보수도 줄 테고."

"그럼, 보수가 짭짤하잖아."

"좋아, 후딱 가서 해치우자고."

그렇게 흑랑을 비롯한 다섯 명이 드레이크 서식지로 향했다.

한편.

흑랑과 동행 중인 마파랑은 속으로 욕을 내뱉었다.

하아, 젠장.

현재 아주 중요한 퀘스트를 진행 중이었는데 갑자기 호출이 왔으니 짜증이 날 수밖에 없었다. 그는 서둘러 목표로 한 유저를 죽이고 다시 퀘스트를 이어가고 싶은 마음뿐이었다.

무려 제국 관련 퀘스트라고.

그 마음이 자꾸만 겉으로 드러났다.

"아직이야?"

한두 번이야 이해한다. 하지만 몇 번이고 반복되면 의아할 수밖에 없다. 마파랑의 동료들 역시 마찬가지였다.

"어이, 마파랑."

"왜?"

"뭐 중요한 퀘스트라도 있나 봐?"

"응? 무, 무슨 소리야?"

"아니, 너무 서두르는 것 같아서."

"서두르긴. 귀찮으니까 그렇지."

마파랑은 애써 변명했다.

절대 들키면 안 돼.

동료라고는 하지만 좋은 퀘스트가 있으면 무조건 같이 하자고 억지를 부릴 것이다.

그럴 순 없지. 좋은 건 혼자만 먹어야 하는 법이니까.

"그래?"

"어, 나 조금 있다가 소개팅도 있다고."

"오오, 소개팅? 그래서 그랬구만."

소개팅이란 말에 다들 수긍했다.

"응. 그러니 서두르자, 제발."

"알았어."

덕분일까. 걷는 속도가 조금은 빨라졌다.

다시 드레이크 한 마리를 처리하고 휴식을 취하던 무혁은 저 멀리서 다가오는 다섯 유저를 바라봤다.

그들과 눈이 마주치는 순간 무혁은 본능적으로 느꼈다. 저들이 자신을 향해서 다가오고 있다는 사실을 말이다.

뭐지?

분위기를 보아하니 좋은 일은 아닌 것 같았다.

설마, 블랙 길드?

그들의 소문을 생각한다면 충분히 가능성이 있는 일이다. 하지만 확실하진 않았기에 그저 기다렸다.

저벅.

어느새 지척에 도달한 그들.

한 사람이 나섰다.

"적호 사냥 영상의 주인공?"

"……."

"뭐, 대답 안 해도 좋아. 내 눈이 틀린 것 같지는 않으니까."

그가 손짓하자 네 명의 유저가 무혁과의 거리를 좁혀왔다.

"블랙 길드원인가 본데……."

"아아, 무슨 소리. 우린 거기랑 전혀 상관없어. 그냥 네 면상이 마음에 안 드는 것뿐이야."

"그래?"

"그럼."

무혁이 실소를 지었다.

어이없네.

설마 길드 가입을 거절했다고 PK를 시도할 줄이야. 가만히 당해줄 순 없지.

서둘러 스켈레톤을 소환했다. 그리고 기다렸다.

"호오, 스켈레톤이라."

그들 중 한 명이 웃으며 거리를 좁혀왔다. 거대한 대검을 지닌 유저였다. 그가 스켈레톤을 무시한 채 무혁을 공격하려는 순간.

스윽.

무혁이 강화뼈1의 뒤로 몸을 숨겼다.

방어 모드.

그의 대검이 강화뼈1이 들고 있던 방패를 가격했다.

['한방' 유저에게 공격을 받았습니다.]

[유저 '한방'과 적대 관계에 돌입합니다.]

[정당방위가 성립됩니다.]

무혁이 미간을 찌푸렸다.

블랙 길드원도 아니고 파티 상태도 아니다?

길드나 파티에 속해 있으면 단번에 그들 그룹과 적대 관계에 돌입했을 것이다. 그런데 아니었다.

귀찮아졌네.

시스템을 꽤나 잘 이용하는 자들이었다. 무혁은 별수 없이 자신을 공격한 유저부터 처리하기로 했다.

마법은 안 되고.

여기서 마법을 써버리면 지금 지켜보는 네 명의 유저가 휘말리게 된다. 그러면 오히려 무혁이 가만히 있는 네 명의 유저를 선제공격하게 됨으로 저들에게 정당방위의 빌미를 제공하게 된다. 저들은 아마도 그것을 노리고 있을 것이다.

그럴 순 없지.

적어도 아이템 한 개는 먹어야 하니까.

강화뼈2, 오른쪽.

한방이 무혁만을 집요하게 노려왔다. 하지만 무혁의 움직임은 결코 느리지 않았다.

"귀찮게, 진짜!"

한방이 짜증을 토하면서 지면을 찼다.

콰앙!

동시에 그의 신형이 무섭도록 빨라졌다. 전사의 스킬 '돌진'이었다.

검뼈3, 4 왼쪽으로.

무혁은 오른쪽으로 움직였다.

돌진해 오던 한방이 검뼈3, 4에 막혔다.

퍼억!

파괴력이 꽤 강했는지 검뼈 두 마리가 뒤로 밀려났다. 다행히도 신체가 파괴되어 움직이지 못할 정도는 아니었다.

무혁은 검뼈에게서 시선을 돌린 후 한방을 향해 스킬을 시전했다.

죽은 자의 축복.

보랏빛이 무혁의 손에서 뻗어 나갔다.

절대 피할 수 없는 공격.

[351의 대미지를 입힙니다.]

당혹스러운 표정의 한방이 보였다.

현재 무혁의 지식이 21, 마법 대미지 105. 하지만 90으로 적용이 되었으니 한방의 마법 방어력이 15라는 소리였다.

마방은 낮은 편이네. 그렇다면 물방은?

무혁은 강화뼈1의 뒤에 서서 화살을 꺼내 시위를 당겼다.

강력한 활쏘기.

유저 한방이 미간을 찌푸리며 다시 달려왔다. 솔직히 방금 전의 공격에 조금 놀라기는 했다. 그냥 손을 뻗는 순간 대미지가 들어왔으니까. 하지만 크리 큰 피해는 아니었다. 그는 당황스러움을 추스르며 다시금 거리를 좁혀 나갔다.

파바밧.

그리고 그런 그를 무혁이 노렸다. 당겼던 시위를 놓은 것이다.

파앙!

그는 피하지 않았다.

어차피 네크로맨서의 공격이었다. 방금 전의 보랏빛 공격이야 마법이니 아팠다고 치더라도 지금은 화살 공격이다.

무혁의 예상대로 한방은 화살이 간지러운 수준일 거라고 여기고 있었다. 그렇기에 화살을 피할 생각이 없었다.

기껏해야 50은 닳을까?

그런 공격을 피하려다 공격 기회를 놓치는 게 더 멍청한 짓이었다. 요리조리 피하기에 바쁜 무혁에게 이번에는 반드시 강력한 스킬을 날리겠다고 다짐했다.

거리만 좁혀지면 끝이야!

그 순간 무혁의 화살이 그의 가슴에 꽂혔다.

[크리티컬이 터집니다.]

[712의 대미지를 입힙니다.]

대미지가 제대로 들어갔다. 앞선 죽은 자의 축복까지 더한다면 벌써 1,100에 가까운 대미지를 입힌 것이다.

직업은 전사, 레벨은 50 정도로 유추. 체력은 높아봤자 30 후반. 총 HP는 아마 2천 정도. 이미 절반 이상의 HP를 빼버렸다.

속전속결.

강화뼈 두 마리가 나섰다.

"이, 이 새끼가!"

당황한 기색이 역력한 한방이 무혁에게 사용하려고 했던 스킬을 강화뼈에게 시전했다.

후우우웅.

한방의 몸에서 거센 바람이 일어났다. 마치 날카로운 칼날처럼 주변을 휩쓸었다. 대검 그 자체의 공격력도 뛰어난 편이라 강화뼈가 밀려났다.

지켜보던 무혁이 서둘러 나머지 스켈레톤을 뒤로 빼버렸다.

바람개비 스킬이네.

무혁도 물러섰다. 이후 자연스럽게 스켈레톤의 벽을 쌓았다.

연사 준비.

그 와중에도 바람개비 스킬이 시전되고 있었다.

시전 시간은 7초.

대충 끝날 때가 되었다.

조준……

지금이다.

발사.

여섯 대의 뼈 화살이 한방을 노리며 날아갔다. 두 대의 뼈 화살이 바람에 휘말려 방향이 틀어졌다.

마침 바람개비 스킬이 멈췄다. 기다렸다는 듯 나머지 뼈 화살이 한방의 전신에 꽂혔다.

퍼벅.

활뼈의 공격력은 상당히 높다. 방어력을 감안해도 한 방에 최소 80 이상의 피해를 입혔을 것이고, 총 네 대의 뼈 화살이 꽂혔으니 대충 320의 피해를 선사했으리라.

이제 남은 HP는 400에서 500 정도겠군.

그때였다.

후웅.

날카로운 파공성이 들려왔다. 무혁의 주변에 위치하고 있던 검뼈 전원이 방패를 들었다.

콰앙!

갑자기 날아든 불꽃의 구체가 방패에 막혔다. 뒤이어 날아온 화살 한 대 역시 방패에 막히며 무용지물로 돌아갔다.

['나는법사다' 에게 공격을 받았습니다.]

['마파랑' 에게 공격을 받았습니다.]

[유저 '나는법사다', '마파랑'과 적대 관계에 돌입합니다.]

[정당방위가 성립됩니다.]

고개를 돌린 무혁이 씨익 웃었다.

두 명. 이 정도면······.

나머지 두 명은 정당방위가 성립되지 않았지만 그걸 기다렸다가는 오히려 역으로 당할 수도 있는 상황이었다. 때문에 무혁은 이쯤에서 만족하기로 했다.

한 명 정도는 떨어뜨리겠지.

그런 생각을 하며 명령을 내렸다.

메이지 전원, 마법 준비.

메이지 네 마리가 손을 뻗었다.

공격.

네 가지 속성의 마법이 한곳에 모여 있던 PK범들에게로 쏘아졌다.

콰앙!

폭발과 함께 먼지가 치솟았다.

혹랑의 입가에 자리하고 있던 미소는 어느 순간부터 사라졌다.

무슨 저딴 네크로맨서가 다 있어?

진짜 어이가 없었다. 한방이 저렇게 일방적으로 당하는 걸

보고 장난을 치는 건가 싶었는데 마법 공격을 당하고 보니 그게 아니란 것을 깨닫게 되었다.

대미지가 무슨……!

특히 방금 전 마법 공격은 고레벨 유저의 강력한 스킬과 맞먹을 정도였다. 물론 네 마리니 이해는 한다.

그래도 너무하잖아!

하지만 흑랑은 냉정함을 되찾았다.

지금은 먼지로 인해 모든 이의 시야가 가려진 상태였다. 흑랑은 그것을 기회라 여기며 그만의 은밀한 방법으로 목표물과의 거리를 좁히기 위해 앞으로 나섰다.

하지만 그 순간, 먼지를 꿰뚫고 뼈 화살 수십 대가 마구잡이로 날아왔다.

그중 세 대가 흑랑에게 꽂혔다.

[140의 대미지를 입습니다.]
[148의 대미지를 입습니다.]
[139의 대미지를 입습니다.]

흑랑이 미간을 찌푸렸다. 유저의 공격도 아니고 겨우 스켈레톤 아처가 쏘는 뼈 화살에 맞았을 뿐이었다. 그런데 이 정도의 대미지를 입었다.

순식간에 세 대, 436의 HP가 날아갔다. 마법 공격까지 합하면 1천이 넘는 HP가 사라졌다.

하지만······.

흑랑은 다시 표정을 풀었다.

스슷.

어느새 그의 몸이 사라진 것이다. 스킬 '은신'이었다. 은신을 통해 모습을 감춘 흑랑은 생각했다.

소환수는 신경을 끈다. 오직 한 명. 소환수의 보호를 받고 있는 저 유저만 처리하면 되는 것이다.

네크로맨서니 HP는 낮겠지.

HP가 높을 가능성은? 아무리 생각해도 그럴 가능성은 없었다. 아무리 높아봤자 1천. 크리티컬만 띄우면 한 방이었다.

조금만 더.

어느새 스켈레톤의 코앞까지 당도했다. 놈을 지나쳤지만 아무런 반응도 없었다.

그제야 흑랑의 입가로 안도의 미소가 그려진다. 이내 입꼬리가 비틀어지며 살기 어린 시선을 형형하게 빛냈다. 혹시나 하는 마음에 가슴을 졸였는데 그럴 필요가 없어진 것이다. 어깨를 당당하게 펴고 목표물인 네크로맨서 유저에게로 향했다.

눈앞에 스켈레톤을 다시 지나치고. 한 마리, 또 한 마리. 이내 네크로맨서 유저의 등 뒤에 당도했다.

끝내자.

가장 강력한 스킬.

그림자베기.

단검이 빛살처럼 휘둘러졌다.

[216의 피해를 입힙니다.]×4

그것도 무려 네 번.

쳇, 크리티컬은 안 떴네.

아쉬웠지만 상관없었다.

3연격!

곧바로 3연격 스킬까지 사용했다.

갑작스레 공격을 받은 무혁은 다급히 뒤로 물러났다. 덕분에 뒤이어진 스킬에 가격당하지 않을 수 있었다. 하지만 이전의 공격으로 단번에 800이 넘는 HP가 빠져 버렸다.

몸을 틀어 다가오는 흑랑의 단검을 활의 몸체로 막았다.

카강!

쇳소리가 퍼지며 충격이 올라왔다.

무혁은 앞발을 내뻗었다.

퍼억.

흑랑의 복부를 밀어낸 후 시위에 화살을 걸었다.

강력한 활쏘기!

조준도 없이 시위를 놓았지만 상관없었다. 거리가 워낙에 가까워서 빗맞을 수가 없었기 때문이다.

[크리티컬이 터집니다.]
[721의 대미지를 입힙니다.]

그 순간 흑랑의 표정이 굳어지며 모습을 감췄다.

무혁은 다급히 바닥을 굴러 옆에 있던 강화뼈2의 뒤쪽으로 몸을 숨겼다. 잘 피했다고 여겼지만 아니었다. 무혁의 뒤쪽 그림자에서 흑랑이 나타난 것이다.

싸늘한 기분.

무혁이 고개를 돌리는 순간.

푸욱.

단검이 복부에 꽂혔다. 하지만 고통이 없었기에 생각할 수 있었다.

기회다.

손을 뻗어 흑랑의 손목을 잡았다. 그러자 옆쪽에 있던 아처가 뼈 화살을 날렸다.

한 대, 두 대, 그리고 세 대.

"크으······!"

공격을 당한 흑랑이 몸을 빼려고 했다.

"잘 가라."

무혁이 말하는 것과 동시에 검뼈 두 마리가 좌우에서 돌진해 왔다.

그대로 달려들어 흑랑의 복부에 검을 꽂았다.

푸욱.

들려오는 섬뜩한 소리. 미간을 찌푸린 흑랑이 회색빛으로 물들며 사라졌다.

툭.

무혁은 그가 사라진 자리에 떨어진 한 가지 아이템을 주웠다.

"후우……"

아직 네 명의 유저가 남았다.

물론 한방은 강화뼈와 검뼈의 공격에 곧 쓰러질 것 같았고, 스켈레톤 메이지의 마법에 적중당한 나머지 세 명은 활뼈가 견제하고 있었기에 큰 위협을 느끼지는 못했지만 말이다.

정말 다행이야.

만약 2차 수련관 퀘스트를 깨지 않았더라면 어땠을까. 아마도 이번 PK에서 이처럼 압도하지는 못했을 것이다. 메이지도 한 마리나 두 마리였을 테니 일방적으로 당했을지도 모른다.

그러면 24시간 동안 접속하지 못하는 것은 당연한 일이다. 접속을 하더라도 마지막으로 거쳤던 신전이 있는 마을에서 놈들이 대기했을지도 모른다.

척살, 또 척살.

몇 번만 반복해도 시간이 허비된다. 그런 일을 당한다면 아무리 무혁이 정보를 알고 있더라도 그 상실감은 이루 말할 수 없었을 것이다.

그건 안 되지.

그래서 압도해야만 한다. 놈들을 처리하고 그 뿌리까지도 확실하게.

다시 시위에 화살을 걸었다.

강력한 활쏘기.

한방을 향해 화살을 날렸다.

"제, 젠장……"

그 역시 강제로 로그아웃을 당했다.

아이템은 떨어뜨리지 않았다.

무혁은 남은 세 명을 처리하기 위해 다시 스켈레톤 지휘에 집중했다.

죽은 자의 축복.

그러면서도 회복을 멈추지 않았다. 갈수록 세 명의 유저가 밀렸다.

"크윽……!"

"미친, 이게 말이 되냐고!"

"빌어먹을, 으아아아아!"

다시 메이지에게 마법 공격을 명령했다.

콰과과광!

근근이 버티던 세 명의 유저가 그제야 쓰러졌다.

"후우."

무혁도 꽤 지친 상태였다.

역소환.

스케렐톤을 모두 역소환하고 세 명의 유저가 있던 자리로 향했다. 그곳 바닥에 떨어진 문서 하나가 보였다.

웬 문서?

그것을 집어 들자.

[‘제국 관련 퀘스트’가 발동합니다.]

메시지가 떠올랐다.

퀘스트?

그것도 제국이라는 거대한 스케일이었다.

[제국의 숨겨진 비밀 1]

[위브라 제국의 카이론 백작에게 문서를 전달하라.]

[성공할 경우 : 대량의 경험치 획득, 연계 퀘스트]

[실패할 경우 : 재도전 불가]

무혁의 눈매가 좁혀졌다.

카이론 백작?

어디선가 들어본 기억이 났지만 명확하지는 않았다. 게다가 퀘스트의 제목도 이상하게 낯설지가 않았다.

뭐지? 내가 아는 건가?

고민을 거듭해 봤지만 떠오르지 않았다.

흐음.

이내 생각을 지웠다.

문서를 건네주면 알게 될 것이다.

아무튼, 대박이군. 제국 퀘스트 문서를 얻게 되다니.

일단은 서둘러 자리를 피했다. 마을로 돌아가 워프게이트를 타고 위브라 제국으로 이동해 그제야 인벤토리를 확인했다. 흑랑을 죽이고서 얻은 아이템이 보였다.

24시간이 지나고 다시 게임에 접속한 흑랑이 서둘러 인벤토리를 확인했다.

제발, 제발…….

마음으로 빌고 빌었지만 소용이 없었다.

"아, 아아……."

보이지 않았다. 반드시 있어야 할 그게 없었다.

"으아아아아악!"

봉인된 아이템이었지만 누군가가 구입하기를 원했다. 그것도 아주 거금에 말이다. 본래라면 오늘 아침에 팔았어야 했지만 로그아웃을 당해 지금에야 접속이 가능했다. 불안한 마음에 허겁지겁 접속하고 보니 그 아이템이 없었다.

무려 2천만 원짜리인데!

흑랑의 표정이 일그러졌다.

빌어먹을!

솔직히 이 정도로 강하면 미리 언질을 줬어야 하는 법이다. 애초에 이런 말도 안 되는 유저를 겨우 다섯으로 처리하라는 명령 자체가 잘못된 것이다.

젠장, 젠장!

다급한 마음에 서둘러 드레이크 서식지로 가 봤다. 당연히 무혁은 없었다. 흑랑의 속이 타들어 갔다.

그때 마파랑과 마주쳤다.

"어……?"

"너, 왜 여기에 있어?"

"아, 그게……."

"설마 아이템 떨어뜨렸냐?"

"너도?"

흑랑과 마파랑, 두 유저 모두 울상으로 변했다.

"얼마나 중요한 거야?"

"난 2천만 원짜리……."

"하아."

"너는?"

"나는 제국 관련 퀘스트 문서."

두 사람 모두 할 말을 잃었다. 2천만 원과 제국 퀘스트. 어느 것 하나 아깝지 않은 게 없었던 탓이다.

"빌어먹을 부길드장……!"

속마음이 절로 튀어나왔다.

손에 들린 팔찌. 흑랑이 떨어뜨린 봉인된 아이템이었다.

"하, 하하……."

절로 웃음이 났다. 그토록 원했던 그로이언 세트 아이템이었던 탓이다.

[그로이언의 팔찌(봉인)]

지혜 +1

내구도 50/50

길드 가입 권유와 거절, 그리고 PK. 어이없는 일의 연속이었지만 역시 세상일은 아무도 모르는 법이다. 좋지 않은 일만 생기란 법은 없는지 나쁜 일을 극복하자마자 좋은 일이 생겨 버렸다.

팔찌 봉인도 풀어야 하고 퀘스트도 깨야 한다. 그리고 블랙 길드. 그곳도 그냥 둘 생각은 없었다.

일단 봉인부터.

무려 제국 관련 퀘스트이니 연계일 가능성이 높다. 그러니 지금 당장은 봉인을 풀어서 전력을 조금이라도 더 높이는 게 우선이었다. 팔찌의 봉인 해제 장소도 마침 이곳, 위브라 제국이었으니까.

무수한 직업 길드가 나열되어 있는 곳. 하지만 이 길드조차 빈익빈 부익부의 현상이 나타나고 있다. 크고 넓은 전사 길드에는 많은 유저가, 작고 허름한 전사 길드에는 소수의 유저가 기웃거린다. 배우는 스킬도 드는 비용도 똑같다. 그럼에도 불구하고 사람들은 보다 더 많은 사람이 있는 곳, 깨끗하고 넓고 큰 곳으로 향했다.

"스킬 배우고 바로 가자."

"그래야지. 근데 사람이 왜 이렇게 많아?"

무혁은 그중에서도 가장 다양한 직업의 유저들이 드나들고 있는 용병 길드로 향했다. 레벨 50부터 용병 길드에 가입이 가능하며 그때부터 능력에 맞는 퀘스트를 받아 경험치의 상승은 물론 부가적인 보상까지 얻을 수 있다.

"어서 오십시오!"

용병 길드의 가입과 더불어 팔찌의 봉인을 풀기 위해 이곳을 찾았다.

"찾으시는 거라도 있으십니까?"

입구에 있던 안내원이 물었다.

"음, 일단 용병 가입부터 하려고 하는데요."

"아, 그건 저기 놓인 서류를 작성하신 후 접수대에 가서 접수를 하시면 능력에 맞춰 신분패가 발급됩니다."

"감사합니다."

"하하, 예, 수고하세요!"

안내원의 말대로 서류부터 작성했다.

스슥.

몇 가지 정보를 기입한 후 바로 접수대로 나아갔다. 꽤 많은 유저가 접수대에 있었기에 줄을 서서 기다려야만 했다.

"사람 엄청 많네."

"그 정도로 필수라는 얘기지."

"그렇긴 하지."

유저들의 대화를 한 귀로 흘린다.

흐음.

20분 정도의 시간이 지나고서야 무혁의 차례가 왔다.

"뭘 도와드릴까요."

"용병 가입 신청이요."

"신청서 주세요."

서류를 건네자 자리에 앉아 있던 NPC가 이상한 기계를 내밀었다.

"손 올리시고요."

그곳에 손을 올리자 기계의 작은 구멍에서 붉은빛이 켜졌다. 몇 번 꺼졌다 켜지기를 반복하더니 이내 파란색 불빛으로 바뀌었다. NPC가 기계와 연결된 무언가를 확인하더니 눈이 조금 커진 시선으로 무혁을 쳐다봤다.

"흐음……. 수고하셨습니다."

"아, 네."

그 기묘한 시선이 꽤 부담스러울 즈음.

"신분패 받으러 오세요!"

왼쪽에 있던 사내가 무혁을 불렀다. 그 말에 앞에 있는 NPC
를 지나쳐 그에게 다가가니 나무로 된 패를 앞으로 건넸다.

"신분패요."

그것을 받자 메시지가 떠올랐다.

['용병 신분패(C급)'를 획득합니다.]

예상대로 C급이었다. 본래 보통의 유저라면 D급부터 시작
한다. 하지만 무혁은 스탯이 비정상적인 수준으로 높았기 때문
에 D급에서도 상당히 많은 퀘스트를 해결해야 얻을 수 있는
C급을 처음부터 획득할 수 있었다.

신분패도 얻었으니 이제…….

무혁은 계단을 이용해 3층으로 올라갔다. 그곳을 지키던
NPC가 물었다.

"실례합니다. 이곳은 어쩐 일로 오셨습니까?"

그에게 팔찌를 보여줬다.

흠칫.

NPC의 표정이 굳어졌다.

"이건……."

이내 정신을 차리곤 고개를 숙였다.

"이, 일단 따라오시지요."

그를 따라 복도를 거닐었다. 저 먼 곳에 위치해 있던 거대한 문을 열자 업무를 보고 있던 중년의 사내가 눈에 들어왔다.

"대장님."

"음? 뭐야?"

거친 음성이 고막을 때렸다.

"손님이 오셨습니다."

"손님?"

"네, 들어가시지요."

안내원을 지나 업무실 내부로 들어섰다. 그러자 대장이라 불린 중년의 사내도 몸을 일으키며 다가왔다.

"오랜만에 손님이라 어색하군. 그보다 앉지."

자연스러운 반말이었으나 기분이 나쁘지는 않았다. 의자에 몸을 앉히니 중년인 역시 맞은편에 앉았다. 그러고는 무혁을 가만히 바라봤다.

"그래, 어떤 손님인지 알 수 있겠나?"

"어렵지 않죠."

그로이언의 팔찌를 그에게로 보여줬다.

한눈에 알아본 것일까.

"으음……."

기묘한 반응을 보이는 중년인이다.

"드디어 찾아왔군."

"……"

"따라오게."

그와 함께 왔던 길을 다시 지났다. 계단을 이용하지 않고 엘리베이터와 흡사한 기계를 통해 지하로 내려갔다. 기계에서 내려 벽을 더듬자 갑자기 사방이 환해졌다. 던전과 흡사한 형식의 길을 지나 문 앞에서 멈췄다.

"팔찌를 가지고 왔으니 긴말은 하지 않겠네. 봉인을 풀기 위해서는 이곳의 시험을 통과해야만 하지. 어떤 시험이 있을지는 나도 모르지만 위험하다는 것만은 확실하네. 꼭 무사히 통과해서 나오길 바라겠네."

"감사합니다."

손을 뻗어 문을 열었다.

끼이익.

듣기 싫은 소리와 함께 먼지가 휘날렸다. 손을 휘저어 먼지를 흩날린 후 안으로 들어갔다.

동시에 열렸던 문이 쿠웅 하는 소리와 함께 닫혔다.

['그로이언의 시험장'에 입장하였습니다.]

[스킬과 아이템 효과가 적용되지 않습니다.]

오직 하나.

칭호로 인한 효과는 사라지지 않았다.

저벅.

걸음을 옮겨 중앙으로 이동했다. 석상이 보인다.

똑같네.

그 석상을 건드리자 팔찌에서 빛이 뿜어졌다.

['그로이언의 팔찌'가 반응합니다.]

그 빛이 석상을 휘감았다.

[그로이언의 유품을 가진 자여. 그대의 자격을 시험하겠다. 받아들이겠는가?]

물음에 고개를 끄덕였다.

[당신의 레벨(51)을 확인합니다.]
[석상이 동일한 레벨 수준으로 맞춰집니다.]
[아무런 능력이 없는 검과 방패가 주어집니다.]

손에 나타난 검과 방패. 이것으로 석상을 이겨야만 하리라.

[증명하라, 그대의 자격을.]

싸움이 시작되었다.

거칠기 그지없는 혈투였으나 결국 승자는 무혁이었다. 애초에 칭호로 인해 스탯의 우위를 점한 상태였으니 이기는 게 당연했다.

['그로이언의 시험'을 통과했습니다.]
['그로이언의 팔찌'와 '비밀의 문서'가 반응합니다.]
[두 아이템에 깃든 봉인의 힘이 사라집니다.]

곧바로 팔찌를 확인했다

[그로이언의 팔찌(성장)]
지혜 +5
지식 +3
MP(100)
MP 회복률(35) 상승

내구도 110/110

사용 제한 : 그로이언의 시험을 통과한 자

반지와 마찬가지로 지식, 지혜 옵션이 올라갔다. 스탯은 분명히 반지보다 많이 떨어졌지만 회복률은 반지보다 더 많이 높여줬다. 사용 제한만 아니었다면 수천만 원 이상의 가치를 지녔으리라.

하지만 저 사용 제한 하나 때문에 오직 무혁에게만 가치 있는 물건이 되었다. 물론 시험을 통과한 누군가가 분명히 또 있기는 하겠지만 그 누군가에게 판매할 생각은 없었다.

그러다 문득 떠올랐다.

아, 성장 아이템이었지.

무혁은 팔찌를 착용한 후 두 가지 아이템을 다시 확인했다.

[그로이언의 팔찌(성장)]

지혜 +6

지식 +3

MP(110)

MP회복률(40) 상승

내구도 110/110

사용 제한 : 그로이언의 시험을 통과한 자

[그로이언의 반지(성장)]

지혜 +8

지식 +3

MP(100)

MP 회복률(35) 상승

내구도 100/100

사용 제한 : 그로이언의 시험을 통과한 자

팔찌는 지혜가 1, MP 회복률이 5 올랐고, 반지는 지혜가 1, MP 회복률이 15가 올랐다.

"후우."

그저 감탄밖에 할 수가 없었다.

이건 무조건 끝까지 함께 가야 한다.

왜냐고? 하나하나의 옵션도 대단하지만 그것보다 더 중요한 게 있기 때문이다.

바로 세트 효과.

50레벨이 됐을 때 스텝 스킬을 포기한 이유이기도 했다.

스윽.

팔찌를 착용하는 순간.

[그로이언의 세트 효과(2)가 발동됩니다.]

서둘러 세트 효과를 확인했다.

[그로이언의 세트 효과(2)]
1. 윈드 스텝

무혁의 입가로 미소가 그려진다.

윈드 스텝……!

그로이언, 그는 아주 뛰어난 기사였다. 그런데 왜 아이템이 지혜, 지식 위주냐고? 그건 스킬이 MP를 너무 막대하게 소모했기 때문이다.

그가 사용하는 스텝은 마치 바람과 같아서 적의 공격을 모두 피했으며 또한 그의 공격을 절대 막을 수 없는 절묘한 위치로 순식간에 이동했다고 한다. 그런 그가 사용했던 스킬이 바로 윈드 스텝이다.

비록 세트 효과라는 제한이 있지만 어차피 착용을 해제할 생각이 없기에 스킬을 획득했다고 봐도 무방했다.

일단, 확인부터.

윈드 스텝에 대한 설명이 떠올랐다.

[윈드 스텝]
그로이언이 사용한 스텝으로 마치 바람처럼 부드럽다 하여 붙여진 이름이다. 사용할 경우 50의 MP가 필요하며 지속할 경우 초당 20의 MP가 추가로 필요하다.

-쿨타임 : 60초

윈드 스텝만 해도 이 정도다. 1분만 스킬을 유지해도 1,200의 MP가 소모되는 것이다. 반지와 팔찌의 옵션이 지혜와 지식, MP 회복률 위주인 것이 이해가 갔다.

부담스럽긴 하지만……

지금의 무혁에게는 반드시 필요한 스킬이기도 했다. 안 그래도 활을 위주로 쓰기 시작하면서 스텝이 절실했던 상황이었다. 본래 직업이 궁수였더라면 여러 가지 스텝을 사용하면서 적을 유린했겠지만 무혁은 궁수가 아니었다. 본신의 움직임만으로 적의 공격을 피하거나 거리를 유지해야만 했는데 그게 참으로 힘들었다.

숨은 돌릴 수 있겠어.

평소에는 스켈레톤의 보호를 받고 위급한 순간에만 윈드 스텝을 사용한다면 위기의 순간을 기회로 반전시킬 수도 있을 것이다. 회심의 카드 하나가 생겼다고 보면 되었다.

세 번째 효과는 뭘까?

무혁이 알고 있는 것은 윈드 스텝까지다. 하나하나의 옵션이 아주 괴랄할 정도로 뛰어나다는 것은 알고 있었고 두 가지 아이템을 모을 경우 세트 효과로 윈드 스텝을 얻는 것도 알고 있었다. 하지만 세 번째 세트 효과부터는 알지 못했다.

궁금하네.

그래서 더 욕심이 났다.

무혁은 제국 관련 퀘스트를 처리하기 전에 도서관의 사서를 찾아가 보기로 했다. 그에게 맡겼던 지도를 어디까지 분석했는지 들어야 했으니까.

스윽.

몸을 돌려 시험의 방을 나섰다.

문이 열리고.

"······!"

앞에서 기다리고 있던 용병 길드의 대장과 눈이 마주쳤다.

"통과····· 한 건가?"

"네."

"아······."

그가 눈을 지그시 감았다. 그는 한참이 지나고서야 눈을 뜨고 무혁을 향해 손을 내밀었다.

"아직은 이르다. 나중에 꼭 날 찾아주게."

"네······?"

이건 또 무슨 소린가.

[퀘스트가 생성됩니다.]

갑자기 퀘스트라니.

[용병 길드의 대장 '크락슈'의 숨겨진 부탁]
[레벨 70을 달성한 후 크락슈를 찾아라.]
[성공할 경우 : 경험치 획득, 명성 획득, 연계 퀘스트]

잠시 멍하니 홀로그램을 바라보던 무혁이 정신을 차렸다.

용병 대장, 크락슈. 그를 잠시 바라보며 고개를 끄덕였다.

"그러죠."

"고맙군. 일단 올라가지."

"네."

그와 함께 다시 3층으로 올라갔다. 몇 마디 대화를 나눈 후 아무 일도 없었던 것처럼 1층으로 내려와 용병 길드를 벗어났다.

곧바로 도서관으로 향했다. 업무를 보고 있던 사서가 무혁을 발견하고는 몸을 일으켰다.

"오랜만이군요."

"네, 일이 있어서 왔다가 생각이 나서 들렀습니다."

"마침 잘 오셨습니다."

"예? 그 말씀은……."

사서가 부드럽게 웃었다.

"약간이지만 도움이 될 것 같군요."

"아……!"

주먹이 절로 쥐어졌다. 그로이언의 유품이 남겨진 지도. 그걸 분석했다는 소리였으니까.

스윽.

사서가 지도를 건넸다.

"여기 그려진 표식은 유품의 위치입니다. 그리고 이 주변의 지형을 알아내기 위해 무수한 책을 살펴본 결과, 이곳은……."

그의 뒷말이 고막을 때렸다.

"얍베 산맥의 어느 곳이었습니다."

절로 미간이 일그러졌다.

얍베 산맥. 그곳의 산맥은 시작부터 레벨 60의 몬스터가 등장한다. 정상으로 갈수록 몬스터의 레벨이 높아져서 마지막에는 80레벨의 몬스터가 나타나는 곳이다. 그곳을 정복하기 위해서는 최소한 70레벨은 되어야 하는데 그러기 위해서는 적어도 3개월 이상은 지나야 한다.

"얍베 산맥의 어느 곳이라면……."

"그곳 어딘가라는 걸 알아내는 게 한계였답니다. 정확한 위치는 알아내지 못할 것 같네요."

"으음, 그렇군요."

결국 다 뒤져야 한다는 소리다. 즉, 지금은 유품을 획득하는 것이 불가능하다는 소리였다.

"더 도와주지 못해 미안하네요."

"아뇨, 이렇게 도와주신 것만으로도 정말 감사합니다."

무혁의 말에 사서가 부드럽게 웃었다.

"받으세요."

"아, 네."

그제야 사서가 건넨 지도를 받았다. 인벤토리에 넣은 후 고개를 꾸벅 숙였다.

"감사합니다."

"아니에요. 도움이 필요하면 또 오세요."

"네."

아쉽지만 별수 없는 일이다. 시간이 지나면 될 일이니 지금은 지금 해야 할 일을 하면 된다.

제국 퀘스트. 이제 그것을 깨뜨릴 시간이었다.

도서관을 나선 후 곧바로 제국의 중심부 뒤쪽에 위치한 거대한 성벽으로 나아갔다. 그곳의 입구를 지키고 있는 경비원들이 보인다. 레벨 200의 NPC. 그들은 성 내부로 들어서려는 자들을 모두 검사하고 있었다.

줄은 생각보다 길었다. 특히 상단에 속한 자가 많았는데 성내, 외부의 거래를 하는 것이라 금전적인 이득이 꽤 클 것으로 추측이 되었다.

기다려야지, 뭐.

다른 수는 없었다. 다행이라면 상단이라 한 번에 빠지는 NPC가 많다는 점이었다. 덕분에 예상보다 빠르게 앞으로 나아갈 수 있었다.

약 30분이 지났을 즈음. 무혁의 앞에 두 팀만이 남게 되었다.

"통과!"

경비원이 비키자 한 팀이 들어갔다.

마지막 한 팀.

그들의 수레와 마차를 수색했다.

그러다 보게 되었다. 돈을 찔러 넣으려는 NPC와 그것을 받지 않으려는 경비원의 모습을 말이다.

흐음?

의외였다. 돈을 받지 않는 경비원이라니.

뭐, 나랑은 상관없지만.

그사이 무혁의 차례가 다가왔다.

"신분증."

용병패를 건네주자 경비원이 손에 쥐고 있던 기계로 그것을 한 번 훑은 후 고개를 끄덕였다.

"통과!"

어렵지 않게 성 내부로 들어가게 되었다.

거대한 성문 옆, 작은 문을 통과해 안으로 들어가니 외부와는 다른 세계가 펼쳐졌다.

성 외부가 귀족을 제외한 평민들, 그리고 유저들의 공간이라면 성 내부는 오직 귀족들만의 세상이었다.

곳곳에 세워진 건물들은 호화롭기 그지없었다. 특히 중앙에 놓인 궁전은 확실히 제국의 황제가 지낼 만한 장소였다.

"워어……."

동영상으로 보던 것과는 달랐다. 벌어진 입을 다물 수가 없었다. 단순히 건물들이 호화로워서도, 압도적이라서도 아니었다. 그 모든 것을 아우르는 위엄이 있었다. 튀어 오르려는 송곳조차도 튀어 오르지 못하게 만드는 포용감이 있었다. 그 기품이 눈을 떼지 못하게 만들었다.

"후우."

긴 시간 동안의 감상이 끝나고서야 겨우 시선을 내릴 수 있었다. 정신을 차린 무혁은 지나다니는 상인에게 다가갔다.

"실례합니다."

"아, 예."

"카이론 백작님이 기거하시는 저택이 어딘지 아시나요?"

"물론이죠."

대답한 상인이 손을 뻗었다.

"바로 여기거든요."

무혁이 위치한 곳 정면에 있는 저택이 바로 카이론 백작이 기거하는 곳이었다.

"아, 감사합니다."

"아닙니다. 이 정도로 뭘."

상인이 지나가고 홀로 남은 무혁은 잠시 호흡을 고른 후 카이론 백작의 저택으로 들어섰다. 문 앞을 지키는 경비원 한 명과 마주한 상태에서 패를 내밀었다.

"용병이군요."

"네."

"무슨 일로 오셨습니까."

"카이론 백작님을 만나러 왔습니다."

"약속은 하셨습니까?"

"약속은 안 되어 있지만, 이걸 보여드리면 될 겁니다."

문서를 경비원에게 건넸다. 그가 고민하는 기색을 보이자 무혁이 말했다.

"결정은 백작님의 몫이죠."

그 말에 경비원이 고개를 끄덕였다.

"말은 전해드리겠습니다. 잠시만 기다리시죠."

그가 들어가고 얼마의 시간이 흘렀을까.

안으로 들어갈 때의 느긋함 대신 다급함이 서린 표정으로 달려온 경비원은 기다리고 있는 무혁에게 정중하게 고개를 숙였다. 뒤이어 모습을 드러낸 집사 역시 마찬가지로 예의를 차렸다.

"안내하겠습니다."

"감사합니다."

집사를 따라 저택으로 들어갔다. 드넓은 홀을 지나 2층으로 올라가니 서재에 도착했다.

"백작님, 손님 오셨습니다."

"들여보내게."

"예, 백작님."

대답과 함께 문을 열었다.

"들어가시죠."

안으로 들어가니 중후한 매력의 카리스마를 뿜어내고 있는 카이론 백작이 몸을 일으켰다. 30대 중후반 정도로 보이는 얼굴이었는데 그와는 달리 분위기가 상당히 묵직했다.

"앉지."

"예."

확실히 많은 이를 거느리는 사람다웠다.

"문서를 가지고 온 사람이 자네가 맞나?"

"맞습니다."

[퀘스트 '제국의 숨겨진 비밀 1'을 완료합니다.]

"흐음, 생각보다 대단해 보이지는 않는군."

그의 입장에선 확실히 그러할 것이다. 경비원만 해도 레벨이 200이니까.

딱히 변명할 것도 없었기에 그저 웃을 뿐이었다.

"뭐, 상관없지. 아무튼 전해줘서 고맙네. 그런데 내가 자유로운 몸이 아니기도 하고 또 함부로 내 사람을 밖으로 내보낼 수가 없다네. 그래서 자네에게 한 가지 부탁을 하고 싶은데, 들어줄 수 있겠나?"

당연하다. 그걸 위해 온 것이니까.

"물론이죠."

"좋군, 그럼 자세하게 말해주지."

카이론 백작의 말이 이어졌다.

"실은 최근에 한 가지 정보를 알게 되었지. 세상을 조금씩 집어삼키고 있는 이들에 대한 것이었어. 우리 제국에까지 그 손길이 미쳤더군. 그것도 멀지 않은 곳에 말이야."

꽤 심상치 않은 내용이었다.

"위치는 성 외부, 광장을 중심으로 남쪽으로 가다 보면 규모가 큰 잡화점이 나오는데 그 옆에 공터가 있다네. 공터 안쪽, 문이 단단하게 닫혀 있는 꽤 높은 층수의 건물 하나가 있을 거야. 그 문의 오른쪽을 자세하게 보면 미묘하게 색깔이 다른 벽돌이 하나 있을 텐데 그걸 누르면 닫혀 있는 문이 열릴 것이네. 그 건물 내부를 살펴봐 주게."

퀘스트가 떠올랐다.

[제국의 숨겨진 비밀 2]

[카이론 백작이 어느 한 장소를 살펴보기를 원하고 있다. 1층 내부의 지형을 완벽하게 파악하라.]

[진행도 : 0%]

[성공할 경우 : ?]

[실패할 경우 : ?]

보상도, 페널티도 물음표였다. 하지만 수락할 수밖에.

"알겠습니다."

"고맙군. 그럼 다녀와서 보지."

"예."

인사한 후 카이론 백작의 저택을 빠져나갔다.

성 외부로 나선 후 광장을 지나 남쪽으로 향했다. 저 멀리 큰 규모의 잡화점이 보였다. 그 옆에 존재하는 공터, 그 공터에 세워진 높은 층수의 건물까지 확인했다.

흐음, 도대체 뭐지.

무혁은 퀘스트를 진행하면서 내내 의문이 들었다.

마치 어디서 본 것 같단 말이야.

하지만 자세한 기억은 떠오르지 않았다. 답답했지만 고개를 흔들었다.

뭐, 깨보면 알겠지.

이후 철문의 오른쪽을 세심하게 살폈다.

아, 이건가.

확실히 색깔이 조금 선명한 벽돌 하나가 보였다.

그것을 꾸욱 누르자 듣기 싫은 소리가 울리면서 철문이 열렸다.

내부를 확인했다. 깊은 어둠이 자리하고 있었다.

"흐음……."

보기만 해도 꺼림칙한 장소였지만 무혁은 거침없이 걸음을 내디뎠다.

그가 안으로 들어섰을 때.

끼이이익.

쇳소리와 함께 철문이 닫혔다. 놀라 뒤를 돌아보는 순간 좌우에서 불이 켜졌다. 잠시 호흡을 가다듬은 후 걸음을 옮겼다.

내부가 적막해서일까? 스스로의 걸음 소리가 아주 크게 들려왔다. 무혁은 소리에 흔들리지 않기 위해 걸어가면서 퀘스트 창을 확인했다.

[제국의 숨겨진 비밀 2]
[진행도 : 0.1%]

진행도가 조금 오르긴 했다.

흐음, 오래 걸리겠네.

조급해하지 않기로 했다. 천천히, 조금씩. 그렇게 진행도를 높여가면 될 테니까.

헬스를 마치고 집으로 돌아온 무혁은 프로그램 '일루전의 세계'에 보낼 이메일을 작성하기 시작했다.

[제목 : 힘, 민첩, 체력을 2개씩 얻을 수 있는 히든 퀘스트에 관해서.]
[일단 포르마 대륙의 아르센 왕국을 스타팅으로 지정해야 합니다. 이후 레벨 1인 상태로 북서쪽에 위치한 수련관에 있는 사범에게 말을 걸어야 합니다. 그러면 사선 베기만을 사용해서 10분 안에 허수아비 세 개를 부서뜨리라는 퀘스트를 받을 수 있습니다.]

무혁은 잠시 손을 멈췄다.

사선 베기에서 중요한 점은 어깨 부위, 조금 더 정확하게 말하자면 쇄골 위쪽 어깨 근육 부위만을 타격해야 한다는 것이다. 목이나 귀 아래, 팔뚝 위쪽을 타격할 경우 대미지가 낮게 적용되어 시간을 오버하게 된다.

흐음, 굳이 알려줄 필요는 없겠지. 이 또한 정보의 일종이니.

다시 타자를 쳤다.

[사선 베기 퀘스트를 클리어할 경우 수직 내려 베기로 허수아비 세 개를 깨뜨리라는 퀘스트를 받게 됩니다. 이후에는 올려 베기 퀘스트를 얻게 되고요. 한 사이클을 반복해서 성공할 경우 다시 처음으로 돌아가 사선 베기 퀘스트를 받게 되죠. 그걸 총 10번 반복해서 클리어하게 되면 수련관 퀘스트를 완료하게 되고 보상으로 힘, 민첩, 체력을 2개씩 획득하는 것은 물론, 공격력 7에 민첩 1이 붙은 검과 방어력 5에 충격 흡

수 45%, 체력 1이 붙은 방패까지 얻을 수 있습니다.]

작성을 마치고 바로 메일을 보냈다.

"후우."

현재 시간이 오전 8시 30분. 이제 이 내용이 방송으로 나오는 오늘 저녁 7시. 그 이후에 홈페이지 정보 게시판에 글을 작성하면 끝이다.

문득 현재 조회 수가 궁금해졌다. 바로 홈페이지에 접속해 정보 게시판으로 들어갔다. 그리고 10위에 진입해 있는 게시물을 확인할 수 있었다.

"허어."

무혁 본인이 작성한 그 게시물을 말이다.

15위라.

생각보다 빠른 성장세였다. 조회수도 80만에 가까워진 상태였다.

방송까지 하면…….

꽤 높이 치솟을 수 있을 것 같았다.

재밌겠네.

절로 미소가 그려졌다. 하지만 이내 웃음을 지우고 일루전에 접속했다.

이틀째 돌아다녔음에도 불구하고 쥐새끼 한 마리도 보이지 않았으니 몬스터는 없다고 봐도 무방하리라.

무혁은 마음을 놓은 상태로 이곳저곳을 돌아다녔다. 미로 던전을 살폈던 것과 같은 방법으로.

흐음…….

분명 돌아다니지 않은 곳이 없다고 생각할 정도로 구석구석 살폈다. 그런데 진행도가 마지막 순간 꽉 막혀 더 이상 오르지 않았다.

[진행도 : 99%]

1퍼센트의 진행도가 필요했다.

도대체 어디를 안 본 거지?

한참을 고민해 봤지만 분명히 다 둘러봤다.

확실해.

그렇다면 보이지 않는 공간이 있다는 소리다. 무혁은 처음으로 되돌아가면서 숨은 공간을 찾기 위해 벽면, 바닥, 천장을 세심하게 훑기 시작했다. 그 탓에 시간이 더욱 오래 걸렸다.

"하아, 진짜."

아마 며칠은 더 고생해야 하리라.

이러다 퀘스트가 망이면?

그야말로 시간낭비다. 무려 5일을 버리는 것이니까. 근데 그럴 것 같진 않았다.

그래도 제국 퀘스트잖아.

일단 제국과 연관을 맺게 된다는 사실만으로도 충분히 이익이다. 운이 좋으면 제국 공헌도도 얻을 수 있을 것이기에 무혁은 최대한 긍정적으로 생각하며 수색에 박차를 가했다.

그날 저녁. 아직까지도 비밀 장소를 찾지 못했다. 벌써 11시. 서서히 피로가 밀려오고 있었다.

한두 시간만 더 찾자.

그렇게 다짐하면서 다시 수색을 이어갔다. 절반 이상을 뒤졌으니 머지않아 찾고자 하는 장소가 나타날 것이었다. 그렇게 믿고 움직이기를 다시 한 시간. 무혁은 손에서 느껴지는 감촉이 미묘하게 다름을 캐치했다.

----!

나아가던 걸음을 멈췄다.

스윽.

고개를 돌려 벽면을 확인했다. 주변과 똑같았지만 손으로 만져 보면 미묘한 차이가 느껴졌다. 강하게 눌러봤지만 아무런 반응이 없었다.

으음, 아닌가?

마나를 일으켜도 봤다. 역시 변화가 없었다.

의아한 마음에 조금 더 살펴보자 그 부위만 아주 살짝 튀어

나와 있음을 알게 되었다.

손톱으로 양쪽을 잡은 후 천천히 뽑아봤다.

끼이익.

벽면이 움직였다.

힘을 줘서 끝까지 뽑아내자 주변의 지형이 바뀌었다. 그르 릉 하는 소리와 함께 비밀스러운 공간이 나타났다.

[진행도가 상승합니다.]

[퀘스트를 클리어하였습니다.]

메시지를 확인한 후 걸음을 내디뎠다.

틱.

하지만 투명한 막에 막혀 버렸다.

뭐야?

다시 시도해 봤지만 마찬가지였다. 몇 번이나 시도했으나 소 용이 없었다.

연계 퀘스트로 이어질까 싶었지만 확신할 순 없었다. 그렇 다고 여기 있어봤자 의문을 풀 수 있는 방법도 없었기에 일단 은 카이론 백작을 찾아가 보기로 했다.

그곳에서 나온 무혁이 고개를 들어 건물을 올려다봤다. 겨 우 1층을 돌았는데 참으로 긴 시간이 흐른 기분이었다.

총 7층의 높이. 만약 이곳이 던전이 된다면······.

그 순간이었다. 한 가지 사실이 뇌리를 스치고 지나갔다.

--------!

뒤늦게 깨달은 것이다.

지금의 퀘스트가 무엇을 의미하는지.

카이론 백작의 저택을 찾아가 건물 1층 내부의 지형에 대해서 설명해 줬다. 가만히 듣고 있던 카이론 백작은 마지막 부분, 비밀스러운 장소를 발견했다는 이야기에 눈을 빛냈다.

"호오, 거기까지 찾아냈단 말인가?"

"네, 꽤 힘들긴 했지만요."

"대단하군."

그의 인정을 받는 것과 동시에 퀘스트가 클리어되었다.

[대량의 경험치를 획득합니다.]

[위브라 제국의 공헌도(100)를 획득합니다.]

공헌도까지 획득했다.

좋아!

모든 것이 만족스러웠다.

"흐음, 아무튼 자네가 발견했다는 그 장소는 한번 확인을 해

봐야 할 것 같군. 들어가려고 했는데 투명한 막에 부딪혀 막혔다고 했지?"

"네."

"좋아. 인원을 꾸릴 테니 잠시 기다리게."

"알겠습니다."

제국의 숨겨진 비밀, 연계 퀘스트는 반드시 끝까지 클리어해야만 한다. 그 과정에서 엄청난 이득을 얻는 것은 물론이고 모두 클리어했을 경우 그보다 더한 보상이 기다리고 있기 때문이다.

무엇보다도…….

레벨 70은 되어야 나타나리라 예상했던 새로운 컨텐츠의 등장이다. 지금 무혁이 하는 퀘스트가 바로 그것을 위한 시작이었다.

그러니 무조건 깨야지.

설레는 가슴을 부여잡고 기다렸다. 어서 카이론 백작이 인원을 꾸리기를.

잠시 후.

드디어 인원을 모두 꾸렸는지 카이론 백작이 무혁을 불렀다.

"나가지."

"아, 네."

그와 함께 저택 앞으로 나아가니 기다리고 있는 일단의 무리가 시야에 들어왔다. 기사로 보이는 자가 다섯에 마법사가 셋, 사제가 둘이었다.

지금은 탑 내부의 사정을 정확하게 모르기에 조금 과한 느낌으로 인원을 꾸렸으리라. 탐색을 하고 나면 아마도 적당한 수준으로 다시 인원을 꾸릴 것으로 보였다.

"일단 이들과 함께 다녀오게."

"알겠습니다."

"주의할 것은 그 비밀의 공간으로 진입했을 때, 혹시라도 몬스터가 나타난다면 그 수준을 대략적으로 파악하여 내게 알려줘야 한다는 것이네. 할 수 있겠나?"

그제야 퀘스트가 떠올랐다.

[제국의 숨겨진 비밀 3]

[카이론 백작이 꾸린 팀과 함께 폐허의 건물 1층의 비밀의 공간으로 진입하여 탐색할 것.]

[성공할 경우 : 탐색 지속.]

[실패할 경우 : 자격을 증명하기 위한 시험.]

[퀘스트를 수락하시겠습니까?]

당연히 수락이었다.

"물론입니다."

"좋군, 믿어보지."

카일론 백작이 무혁에게서 NPC들에게로 시선을 옮겼다.

"다들 고생하게나."

"걱정 마십시오, 백작님!"

"그래, 베론. 잘 이끌어주게."

"예!"

카일론 백작이 고개를 끄덕이자 베론 기사가 모두를 보며 외쳤다.

"출발한다!"

그를 선두로 나머지 NPC들이 당당하게 걸음을 내디뎠다. 무혁은 가장 후미에서 그들의 뒤를 조심스레 따랐다.

지금이야 앞선 이들이 무혁을 전혀 신경 쓰지 않고 있지만 던전 내부에서는 다를 것이다. 어차피 저들은 비밀 공간의 위치를 모를 테니까. 그것을 시작으로 조금씩 친해지면 된다.

호감도는 반드시 높여야 해.

일루전의 NPC는 타 게임과는 다르다. 자리가 지정되어 있는 상인과 같은 NPC들, 즉 고정형의 경우 일을 하는 시간에는 게임에 맞게끔 시스템이 조절된다. 예를 들어서 무엇을 구해오라고 했는데 1초 만에 그것을 구해올 경우, 그냥 구해왔구나라고만 생각하게 되는 것이다.

하지만 돌아다니는 NPC, 그러니까 이동형의 경우에는 보통의 사람과 조금도 다를 게 없기에 더욱 신중하게 대해야 한다. 거기에 호감까지 얻는다면 더할 나위가 없었고. 훗날 눈앞에 있는 평범한 기사가 그 제국을 대표하는 기사단의 단장이 되지 말란 법도 없었으니 말이다.

"정지!"

생각이 많았던 걸까. 어느새 목적지에 도착했다.

"들어가기 전에 마지막 정비를 하도록."

"예!"

이후 뒤에 위치한 마법사와 사제를 보며 공손하게 말했다.

"정비를 부탁합니다."

"그러죠."

마지막으로 무혁에게 다가왔다.

"당신이 그 용병이겠군요."

"네."

"1층에 확실히 몬스터가 없는 겁니까?"

"제가 살폈을 땐 없었습니다."

"알겠습니다. 그러면 길을 안내해 줄 수 있겠습니까?"

"물론이죠. 제가 앞장서겠습니다."

기사 베론이 고개를 끄덕였다.

그래도 반말은 안 하네.

많은 기사가 유저에게 반말을 한다. 기사라면 준남작의 직위이기 때문에 자연스럽게 평민을 무시하는 것이다. 하지만 베론은 나이가 꽤 있어 보임에도 불구하고 용병인 무혁에게 존대를 했다.

성격은 괜찮아 보이는데.

하지만 오히려 저런 사람일수록 벽을 세울 가능성이 높다.

일단 다른 기사부터 공략해야겠어.

그러는 사이 정비가 끝난 모양이다.

"안으로 진입한다!"

기사 베론이 무혁을 쳐다봤다.

저벅.

그 의미를 깨달은 무혁이 앞으로 나섰다. 오른쪽에 위치한 진한 색깔의 벽돌을 누르자 거대한 문이 소리를 내며 열렸다.

베론과 말했던 대로 선두에서 섰다.

화악.

처음과 마찬가지로 좌우에서 뿜어진 빛이 시야를 밝혀줬다.

"출발합니다."

그 말과 함께 걸음을 내디뎠다.

비밀의 공간이 위치한 곳으로.

제4장
버스 탑승

비밀 공간에 도착했다.

"여깁니다."

"으음."

베론이 다가와 손을 뻗어봤지만 역시나 새하얀 막에 막혀 버렸다. 곧바로 옆으로 물러난 베론이 뒤쪽에 가만히 있는 마법사를 바라봤다.

"부탁드립니다."

"알겠습니다."

그제야 마법사가 앞으로 나서더니 수인을 맺었다.

허공에 그려지는 마법진. 손가락에서 시작된 마나의 흐름. 그것이 극에 달했을 때.

화아아악.

찬란한 빛이 뿜어지더니 보이지 않는 막을 감쌌다.

디스펠······!

5서클 마법이었다. 확실히 백작가에서 보낸 마법사다웠다. 최소 레벨 250. 기사나 사제도 그와 비슷한 레벨일 것이다.

엄청나게 든든하네.

투명한 막이 녹아버리듯 사라지는 모습이 시야에 들어왔다.

"후우, 막은 지웠습니다."

"수고하셨습니다."

베론이 손을 다시 뻗어봤다.

스윽.

이번에는 아무런 막힘도 없었다.

"체력의 소모가 없었으니 곧바로 진입한다."

이번에는 베론이 앞장을 섰다. 그 옆으로 기사들이, 뒤쪽으로 마법사와 사제들이 위치했다. 가장 끝에는 무혁이 섰다.

그리고 그들이 공간으로 들어서는 순간 새로운 세상이 눈에 들어왔다.

"······!"

모두 눈이 커졌다.

"여기는······?"

"으음, 다른 장소인 것 같은데요."

서둘러 왼쪽에 보이는 창가로 향했다.

"2층입니다!"

"2층이라고?"

"예!"

평기사의 말에 베른 기사가 창가로 다가갔다. 직접 눈으로 확인을 하니 도저히 반박할 수가 없는 현실임을 깨달았다.

"흐음……."

비밀스러운 공간이라 여겼던 곳이 2층으로 통하는 입구일 줄이야.

역시.

오직 한 사람, 무혁만이 짐작하고 있었다.

이건 '탑' 컨텐츠의 개방을 위한 퀘스트였으니까.

"어쩔까요?"

"살펴본다."

카이론 백작이 친히 부탁한 일이었다. 성과를 보여야만 했다.

"가자!"

동시에 그룹의 상태가 변했다. 홀로 동떨어졌던 무혁이 그들의 그룹에 속하게 된 것이다.

[파티에 속하게 됩니다.]

무혁의 주먹이 강하게 쥐어졌다.

꽈악.

비록 성과에 따라 경험치를 차등으로 분배받겠지만 파티에 속하게 된 것만으로도 충분히 의미가 있었다. 이제 그들을 돕는다는 명분으로 몬스터를 공격하는 게 가능해졌기 때문이다. 이제 무혁도 파티에 속했기에 눈총을 받지 않을 수 있으니까.

얼마나 나아갔을까.

크르르르……

1층과는 달리 2층에는 몬스터가 존재했다.

변종 광견. 웬만한 호랑이보다 더 큰 몸집을 지닌 미친개라고 보면 된다. 그것도 레벨 60에 해당하는 상당히 강력한 놈이었다.

으음……

하지만 무혁은 괜히 아쉬웠다.

생각보다 약해.

아무래도 탑의 레벨이 높지 않은 모양이었다. 이러면 계획이 일그러진다. 몬스터가 강해야 도와준다는 명목으로 공격을 시도라도 할 수 있을 텐데 몬스터가 약하니 무혁이 끼어들 수가 없었다. 괜히 나서봤자 방해된다는 눈초리만 받으리라.

2층에서는 그냥 얌전히 있는 게 좋겠어.

그리고 돌아가서 카이론 백작에게 말을 할 것이다. 몬스터의 수준이 매우 낮다고. 그러면 다시 인원을 추릴 것이고 그들과 함께 3층을 공략하면 되리라.

변종 광견은 너무나 허무하게 녹아버렸다. 레벨 250에 달하는 NPC들이었으니 당연한 일이었다. 무혁은 뒤에서 전투가 끝나기를 기다렸다가 마지막 순간 사체 분해만 하면 되었다.

"잠시 휴식!"

그래도 피로가 쌓이기는 하는 것인지 베론 기사가 휴식을 명령했다. 나서야 할 타이밍은 바로 지금!

무혁은 평기사 한 명에게 다가갔다.

이름이 자비에였나.

"자비에 기사님?"

"음?"

"검이랑 방패가 꽤 손상되었네요."

기사의 대답을 기다리지 않았다.

"제가 수리를 할 줄 알아서요. 좀 봐드릴까요?"

"아, 정말요?"

"그럼요."

"저야 고맙죠."

무혁은 그가 건네는 검과 방패를 받아 든 후, 그의 앞에서 수리 도구를 꺼내 검과 방패를 수리하기 시작했다.

타앙! 타앙!

그 소리에 자연스럽게 이목이 집중되었고, 한두 명씩 기사가 다가왔다.

"호오, 수리를 할 줄 아는군."

그나마 쓸모 있는 부분을 발견했다는 말투였지만 신경 쓰지 않았다. 어차피 2층만 클리어하고 나면 더 이상 보지 않을 자들이었기 때문이다.

너희들은 그저 카일론 백작의 물음에 긍정적인 대답만 한 번씩 해주면 되는 거야.

속으로 생각하며 수리를 이어갔다.

타앙!

마무리가 되었다.

"끝났습니다."

"흐음."

자비에 기사가 검과 방패를 살펴봤다. 그의 표정이 흡족하게 변했다.

"썩 괜찮네요."

그제야 지켜보던 다른 기사가 다가왔다.

"크흠, 나도 좀 부탁을 하고 싶은데……."

"하하, 저한테 다 맡기세요!"

약 10분에 걸쳐 베론 기사의 무구까지 수리를 끝냈다. 무혁은 거기서 끝내지 않고 곧바로 요리 도구를 꺼냈다.

"으음……!"

이번에는 기사뿐 아니라 마법사, 사제까지도 관심을 보였다. 전투를 시작한 지 5시간이 훌쩍 지나 아까부터 배가 고팠기 때문이다.

무혁은 부드럽게 웃으며 각종 요리 재료를 아끼지 않고 투척했다.

아무리 대단한 사람이라도 본능 앞에선 자존심을 굽히게 마련이다.

특히 배가 고플 때 맛있는 음식이 눈앞에 있다면?

그 음식을 차린 사람이 평소 사이가 좋지 않은 자라고 할지라도 어색하게나마 물어보게 마련이다. 먹어도 되냐고.

그게 사람이다. 먹어야 살아가니까. 삶에 대한 본능이기도 했다.

그리고 허락한다면? 호감도가 단번에 대폭 상승하리라.

무혁은 그 본능을 적절하게 활용하고 있었다.

향기 추가, 조금 더 자극적인 향기로.

"오, 오오……."

마침 누군가의 침 삼키는 소리가 들려왔다.

꿀꺽.

무혁은 마무리 되어가는 음식 앞에 인벤토리에서 꺼낸 술한 병을 탁 내려놓았다. 회심의 한 수였다. 그나마 수리로 안면을 텄다고 여긴 자비에 기사가 가장 먼저 다가왔다.

그는 무혁을 보며 조심스럽게 물었다.

"저기, 하하. 음식 솜씨가 엄청 뛰어나네요."

"아, 그런가요?"

"네, 정말 맛있겠어요."

말 속에 뜻이 숨어 있었다. 맛있어 보이니 나도 달라. 뭐 그런 소리일 것이다. 하지만 그 기사는 무혁의 얼굴을 보지 않은 채 조리 중인 요리에만 집중한 상태였다. 그래서 무혁 역시 그저 웃을 뿐, 대답은 하지 않았다. 다가왔던 기사는 조금 당황했다. 기대했던 말이 들리기는커녕 한마디 말도 없었으니 말이다.

"양이 많은 것 같은데……."

"네, 조금 많죠."

"……."

자비에 기사는 끝내 먹어도 되냐고 묻지 못했다. 무혁 역시 서두르지 않았다.

아직 배가 덜 고픈 거지.

그저 조금 더 맛있게 요리를 해나갈 뿐이었다.

그때였다.

뒤쪽에 있던 베론이 앞으로 나섰다.

"크흠, 냄새가 좋군."

"감사합니다."

무혁은 역시 인사만 했다.

자, 말을 꺼내라고.

절대 먼저 식사를 권유할 생각은 없었다. 저들이 먼저 굽혀야 의미가 있었다. 그렇기에 아주 느긋한 표정으로 요리를 하면서 최대한 냄새를 증폭시켰다.

결국 참지 못한 베론이 말했다.

"양이…… 많군."

"아, 네."

"혹시 말이야."

"말씀하세요."

"크흠, 혹시 우리 것도 준비한 건가?"

이 정도면 충분했다. 무혁은 오히려 그런 질문을 할 줄 몰랐다는 표정으로 되물었다.

"당연하죠, 그럼 설마 혼자 먹을 음식만 했을까요."

"아, 하하, 그렇지. 당연하지. 정말 고맙군. 내 그럼 동료들에게 먹을 준비를 하라고 하지."

"그러세요."

"자, 다들 배도 고프고. 여기 있는……."

베론이 무혁을 쳐다봤다. 지금까지 이름도 모르고 있었던 것이다.

"무혁입니다."

"크흠, 여기 있는 친우가 우리를 위해 음식을 준비했다는군!"

"오오오!"

"냄새가 예술이야!"

베론이 검집으로 바닥을 쳤다.

쿠웅.

다들 입을 다물었다.

"조용하고! 친우에게 고맙다는 말을 꼭 하도록!"

"예!"

"알겠습니다!"

기사는 고지식하다. 그렇기에 이런 사소한 베풂을 잊지 않는다. 기사들이 다가왔다. 눈치를 보던 사제와 마법사도.

"크흠, 고맙군요."

"별말씀을요."

"하하, 고마워. 잘 먹을게!"

"맛있게 드세요."

무혁은 한 사람씩 얼굴을 마주하며 직접 음식을 퍼줬다.

이 정도면 됐어.

이제 저들은 혹시 카이론 백작이 무혁에 대해서 묻는다면 절대적으로 호의적인 말을 뱉어낼 수밖에 없다. 무구 수리와 요리를 공짜로 해줬으니 당연한 일이었다.

"잘 먹겠네."

마지막으로 베론까지.

"오오, 맛있어!"

"이야, 끝내주는데? 이건 내가 자주 가는 여관의 음식보다 훨씬 더 맛있잖아?"

물론 착각이리라. 전투가 끝나고 배가 고픈 상황에서 괜찮은 음식이 나오니 평소보다 훨씬 맛있게 느껴지는 것뿐이었다. 이런 말이 있지 않은가, 군대에서 먹은 라면을 잊을 수가 없다고. 그와 비슷한 맥락일 것이었지만 그럼에도 기분이 좋아지는 건 막을 수가 없었다.

"음식 솜씨가 참 좋군요."

"감사합니다."

그렇게 화기애애한 시간이 흐르고.

"자, 다들 잘 먹었겠지?"

"예!"

"좋아, 그럼 다시 출발하자고."

다시 2층을 수색하기 위해 분주히 걸음을 내디뎠다.

2층의 전부를 돌았다.

마지막 한 곳. 1층과 마찬가지로 새하얀 막으로 막혀 있는 공간을 제외하고 말이다.

"보호 마법을 해제하도록 하겠습니다."

그 말과 함께 마법사가 다시 디스펠을 사용했다.

화아악.

덕분에 공간을 막고 있는 막이 사라졌다.

"자, 이제 3층으로……."

베론이 말을 하려는 찰나 무혁이 나섰다.

"잠시만요."

"음? 왜 그러는가?"

원래라면 불쾌해했겠지만 그래도 그간의 노력이 헛되지 않았는지 베론은 무혁의 말을 들어주려는 태도를 취했다.

"일단은 돌아가야 할 것 같습니다."

"왜지?"

"2층만 수색하라는 카이론 백작님의 지시가 있었으니까요."

"음? 정말인가? 나한테는 아무런 말씀이 없으셨는데……."

"저한테만 언급하신 모양입니다. 혹시라도 이곳에 등장하는 몬스터가 약할 경우에는 돌아와서 인원을 다시 편성한다고 했거든요."

"아아……."

그제야 베론이 납득했다. 확실히 지금 인원으로 이곳을 수색하는 건 인력 낭비다. 보다 수준이 떨어지는 이들로 인원을 꾸려서 수색을 이어갈 모양이었다.

"그랬군. 알겠네, 카이론 백작님의 말씀이니 당연히 따라야지."

그러곤 휘하의 기사와 사제, 마법사를 보며 말했다.

"이곳의 몬스터가 수준이 너무 낮아 우리가 할 일이 별로 없군. 그래서 다시 돌아가 새롭게 인원을 꾸리기로 했으니 다들 돌아갈 준비를 하도록."

"예!"

생각보다 짧은 수색 기간이었지만 상관없었다. 수색은 수색이었으니 돌아가면 합당한 휴식을 취할 수 있을 것이다.

"출발한다."

베론 기사를 선두로 탐색 인원 전부가 건물을 빠져나갔다.

이후 성내로 들어가 카이론 백작의 저택으로 향했다. 베론 기사가 대표로 카이론 백작을 만났다. 얼마간의 시간이 지난 후 등장한 그는 함께한 일행을 보며 해산을 명령했다.

홀로 남은 무혁을 바라보며 그가 입을 열었다.

"카이론 백작님이 뵙자고 하시는군요."

"알겠습니다."

이미 예상하고 있던 바. 곧바로 집사와 함께 저택으로 들어섰다. 집무실에 도착해서 안으로 들어갔다.

"앉게."

"예."

"고생했더군."

그의 말에 숨은 의미를 알아차렸다.

고생?

솔직히 무혁이 뭘 고생했겠는가. 하지만 이해할 수 있었다.

좋은 말들을 해줬구나.

아마도 베론이 2층에 있었던 일들을 이야기했으리라. 수리를 해주고 음식을 해준 일들을 말이다. 어쩌면 그걸 미화해서 더 좋게 말했을지도 모르고.

"아무튼 몬스터의 수준이 낮다고?"

"네."

"그럼 자네에게 묻고 싶군."

"저에게요?"

카일론 백작이 고개를 끄덕였다.

"어느 정도 수준으로 인원을 꾸리면 좋겠는가?"

"아……."

무혁은 잠시 생각했다.

견습기사?

그들의 레벨은 100 정도 수준이다. 솔직히 그 정도도 과하다는 생각이 들었다. 그들과 함께 한다면 이번 역시 무혁은 사냥에 조금도 끼어들지 못할 것이다. 그러면 너무 허무하지 않은가. 여기까지 온 이상 직접 사냥하면서 경험치를 먹어야만 했다.

아, 그래. 그들이라면…….

무혁이 천천히 입을 열었다.

"견습기사……."

"견습기사면 되겠나?"

"아뇨, 견습기사를 희망하는 자들이면 충분할 것 같습니다."

"음? 희망하는 자들?"

"예."

"그 말은 견습기사도 과하다는 이야기군."

"솔직히 그렇습니다."

카이론 백작이 생각에 잠겼다.

"그 정도라……."

무혁은 가만히 기다렸다.

"흐음, 알겠네. 한번 시작했으면 끝을 봐야겠지. 내가 적당한 이들로 추려보지. 시간이 조금 걸릴 것 같으니 내일 찾아오게."

"알겠습니다."

무혁이 몸을 일으켰다.

[퀘스트 '제국의 숨겨진 비밀 3'을 완료합니다.]

떠오른 메시지를 확인하며 집무실을 빠져나갔다.

◈

그날 저녁.

어차피 내일까지 할 일이 없었던 무혁은 10분 후에 하는 '일루전의 세계'를 시청하기 위해 캡슐에서 나왔다.

먼저 맥주 한 캔과 육포를 꺼내어 세팅했다. 이후 TV를 틀어 채널을 맞춰놓은 다음 벽에 베게 두 개를 놓고 등을 기대었다.

휴대폰을 꺼내어 문자를 확인하니 오전 10시에 350만 원이 입금되어 있었다.

들어왔네.

일루전의 세계에서 보낸 계약금이었다. 흡족하게 웃으며 휴대폰을 만졌다. 더 이상 할 것이 없어졌을 때 일루전의 세계가 시작되었다.

화면에 두 사람이 잡혔다. MC인 유라와 우현이었다.

-안녕하세요!

두 사람이 동시에 인사를 했다.

-MC 유라!
-MC 우현입니다!
-오늘 날씨가 참 우중충하죠? 그러니 밖에 나가지 마시고 저랑 같이 집에서 편안하게 일루전을 즐겨보도록 할까요?

유라가 방긋 웃으며 오프닝을 했다.
흐음, 예쁘긴 예뻐.
무혁도 그런 생각을 할 정도였으니까.
그러면서 손을 놀렸다.
촤악.
맥주 캔을 딴 후 흘러내리려는 거품을 흡입했다. 후르륵 소리와 함께 씁쓸한 맛이 올라왔다. 동시에 시릴 정도의 차가움이 목구멍을 타고 내려갔다.

-오늘은 먼저 일루전 홈페이지에 대해서 이야기를 해보려고 하는데요.

-요즘 홈페이지가 이슈죠. 자유 게시판에, 팁 게시판에…….

-그러니까요. 조회 수도 어마어마하더라구요. 저도 자주 게시판을 확인하고는 하는데요. 그러다가 우연히 눈에 들어오는 글을 발견했지 뭐예요?

-와우, 유라 씨가 관심을 둘 정도면 꽤 대단하겠는데요?

-엄청날걸요?

-그렇게 말하니까 더 궁금하잖아요. 얼른 알려주세요!

-좋아요, 한번 볼까요?

화면이 바뀌면서 무혁이 올렸던 게시물이 나타났다.

내가 올린 게시물이네.

내용을 읽는 유라의 목소리가 들려왔다.

-어때요? 히든 퀘스트에 대한 정보인데요.

-대단하긴 한데…….

우현이 고개를 갸웃거렸다.

-아직 2편이 나온 것도 아니고, 또 정보의 가치가 너무 엄청나서 쉽게 믿을 수가 없겠는데요?

-그렇죠? 저도 처음엔 그렇게 생각했답니다.

-처음엔요? 그럼 지금은 다르게 생각한다는 말인가요?

-그럼요, 직접 만났으니까요.

-네?

우현의 눈이 커졌다.

-작성자를 직접 만났다구요?

-네, 그것도 저희 PD님하고 같이요!

-와우, 이건 진짜 쇼킹한데요?

이야기는 천천히 진행되었다. 정보의 가치를 알기에 조금이라도 더 뜸을 들이는 것이었다.

약 5분간 아옹다옹하면서 시간을 때우더니 이제 때가 되었다고 여겼는지 유라가 폭탄선언을 해버렸다.

-그래서 결국 정확한 정보를 제가 얻어낸 거죠!

-정확한…… 정보요?

-네!

정확한 정보. 그 단어가 주는 무게감이 남달랐다. 현재 일루전을 즐기는 이들도, 새롭게 즐기려는 이들도 모두가 주목하지 않을 수 없는 정보였기 때문이다.

　만약 사실이라면? 그런 기대가 일부 들어 있었다. 이야기의 진행을 보면 대충 느낌으로 알 수 있었으니까. 애초에 허위 정보였다면 이렇게 오랫동안 시간을 끌지도 않았으리라. 자연스레 집중도가 올라간다.

　-이제 제대로 알려드릴게요. 먼저 히든 퀘스트는…….
　-히든 퀘스트는?
　-거짓이 조금도 섞이지 않은 진실이랍니다! 저희가 오늘 1레벨 캐릭터로 확인까지 했으니 의심하지 않으셔도 돼요!
　-와우!
　-자, 그러면 지금부터 그 방법을 알려드리도록 할게요!

　무혁이 이메일로 넘긴 정보가 그녀의 입에서 풀어졌다.

　-먼저 포르마 대륙의 아르센 왕국에서 시작해서…….

　무혁은 맥주를 단번에 들이켰다.
　"크으."
　육포 하나를 입에 물고 구석에 처박아 놓은 노트북을 가지고 와서 펼쳤다. 이후 일루전 홈페이지에 접속해서 정보 게시판에 올릴 게시물 하나를 작성하기 시작했다.

방송국에 준 메일보다 조금 더 친절하고 상세하게 작성했다.

[제목 : 1레벨 유저가 획득 가능한 칭호 2편]

[내용 : 지난번 1편에서 히든 퀘스트에 대해서 언급을 했었습니다. 프로그램 '일루전의 세계'에도 나왔다시피 저는 오직 진실만을 말합니다. 이미 알겠지만 1레벨 캐릭터여야 합니다. 포르마 대륙의 아르센 왕국에서 시작해서……]

게시물 작성을 마친 후 TV를 확인했다.

-자, 지금까지 잘 들으셨나요?

-엄청난 정보였어요, 정말.

-그렇죠? 더 궁금하신 분은 일루전 홈페이지 정보 게시판에서 '1레벨 유저가 획득 가능한 칭호'를 검색해 보세요! 그럼 다음으로 넘어가 볼까요?

다른 주제로 막 넘어가려는 상태였다.

거기에 맞춰서 엔터를 쳤다.

[게시물이 작성되었습니다.]

이제 기다리는 일만이 남았다.

프로그램이 끝나기도 전에 히든 퀘스트가 이슈가 되었다.

검색 포털 사이트의 순위가 일루전의 세계에서 방송한 내용으로 도배가 되었다.

1위는 히든 퀘스트, 2위가 일루전의 세계, 3위가 포르마 대륙, 4위는 아르센 왕국이었다. 그리고 5위가 무혁이 올렸던 게시물의 제목이었다.

그 제목을 검색하면 일루전 홈페이지로 연결되는 링크가 떴다. 덕분에 무혁의 게시물 조회 수가 폭발적으로 늘어났다.

시간이 지나면서 5위였던 순위가 4위로, 3위로, 결국은 2위를 거쳐 1위에까지 올랐다. 물론 그건 1편이었고 1편을 봤으니 당연히 2편을 봐야만 했다. 자연스럽게 1편에 붙었던 조회 수가 2편으로까지 이어졌다.

조회 수가 폭증했다. 단시간에 수만, 수십만, 수백만으로까지 뛰었다. 너무나 뜨거워서 손조차 대기 어려운 수준의 핫이슈였다.

게시글이 쏟아졌다. 진짜인지 의심하는 사람들, 시도해 보겠다는 사람들. 댓글 역시 폭주했다. 거짓이라 욕하는 이들, 시험해 보겠다는 유저들, 진짜라면 어차피 저레벨이라 다시 키우겠다는 사람들까지. 그날 하루 뜨거운 논쟁이 이어졌다.

그리고 다음 날. 잠에서 깬 무혁은 자신의 게시물 두 개가 4, 5위를 차지하고 있음을 확인했다.

4위가 1편이었고 5위가 2편이었다. 1편의 조회 수가 현재 220만, 2편의 조회 수가 190만이었다.

허어…….

방송에 나왔다는 사실만으로 조회 수가 폭증했다. 그것도 하루 만에. 아마 며칠 동안은 계속해서 조회 수가 빠르게 증가하리라. 3위를 차지하는 것도 무리가 아니었다.

가능하겠는데…….

그러면 조회 수당 2원을 받게 된다.

알려주길 잘했네.

무혁은 만족스럽게 웃으며 집을 나섰다. 헬스장으로 향해 평소처럼 운동을 한 후 집으로 돌아와 일루전에 접속했다.

한편.

프로그램 '일루전의 세계'를 담당하는 김민호 PD는 방송국으로 출근을 하자마자 곧바로 시청률을 확인했다. 마침 시청률을 확인하기 위해 와 있던 막내 PD가 보였다.

"아, 오셨어요, 선배님."

"그래, 시청률은?"

"이제 곧 나와요."

잠시 기다리자 드디어 시청률이 공개되었다.

긴장되는 마음으로 확인했다.

제발……!

순간 김민호 PD의 눈이 커졌다.

"어……?"

옆에 있던 막내 PD도 고개를 갸웃거렸다.

눈을 비비더니 다시 확인한다.

"서, 선배님."

"어, 이거 잘못 나온 거야?"

"아, 아닌데요."

"……."

눈이 잘못된 것이 아니라면 시청률은 지금 분명 22.7퍼센트를 가리키고 있었다. 지난 1개월 동안의 평균 시청률이 19.7퍼센트였고 최고 시청률이 20.5퍼센트였다.

그런데 무려 22.7퍼센트라니.

꽈악.

현실을 뒤늦게 인식하고 주먹을 강하게 쥐었다. 희열이 온몸을 적셨다.

"대박, 선배! 대박이에요!"

"나도 알아, 인마!"

동시에 무혁과의 계약이 떠올랐다. 19.7퍼센트에서 0.1퍼센트가 오를 때마다 65만 원을 인센티브로 지급하기로 했었다.

그러니까…… 1,950만 원인가.

분명히 큰 금액이었지만 시청률 상승으로 인한 이득이 훨씬 컸기에 웃으며 줄 수 있을 것 같았다.

내 생각보다 훨씬 높게 나오다니. 히든 퀘스트, 그게 그렇게
도 대단했던 걸까.

일루전을 하지는 않지만 일루전의 세계의 PD로서 정보의
가치에 대해서는 잘 알고 있다고 여겼었다. 때문에 이번에도
기껏해야 1퍼센트의 성과를 노렸을 뿐이다. 그런데 예상을 훨
씬 웃도는 결과가 나왔다.

어쩌면 그 사실을 예감하고 계약 내용을 저렇게 바꾼 것이
아닐까라는 말도 안 되는 망상마저 하게 되었다.

뭐, 우연이겠지.

그렇게 여기며 기분 좋은 마음으로 업무를 준비했다.

곧바로 성내 카이론 제국의 저택으로 향했다.

도착한 무혁은 그 앞에 모여 있는 일단의 무리를 발견했다.
그들의 앞에서 무언가 말을 하고 있는 카이론 백작도 보였다.

천천히 걸음을 옮겨 거리를 좁히는 사이 카이론 백작와 눈
이 마주쳤다.

그가 웃으며 반겼다.

"이리 오게나."

"아, 네."

"견습기사를 희망하는 자들이라네. 어떤가?"

모인 자들은 대략 열 명. 하나같이 나이가 어려 보였다. 가장 어려 보이는 자는 10대 중반으로 보였고 가장 나이가 많은 자도 기껏해야 20대 초반으로 보였다.

견습 희망자라면…….

레벨은 대략 60에서 65 정도.

아주 적당했다.

"좋네요."

"하하, 그런가? 미래를 짊어질 이들이니까."

의미는 조금 달랐지만 무슨 상관이랴.

"이들과 함께 가주게."

"알겠습니다. 그런데 길을 막는 마법은 어떻게……."

"아, 그건 걱정하지 말게. 주문서를 맡겨놓았으니까."

"그렇군요."

"그럼 이제 문제는 없는 거겠지?"

"아, 예."

"그럼 잘 부탁하지."

그러면서 견습기사를 희망하는 자들에게 당부했다.

"여기 있는 이 사람이 너희를 이끌어줄 것이다. 그러니 잘 따르도록 해라."

"예! 백작님!"

그 말에 무혁이 흠칫거렸다.

어, 잠깐만……?

놀란 마음에 그를 빤히 바라봤다.

"왜 그러나?"

"아니, 방금 전에……."

"아아, 말을 못했군. 자네가 이들을 이끌어줘야 한다네."

"예……?"

"당연하지 않은가."

아니, 물론 견습기사를 희망하는 자들로 꾸리길 원했지만 설마 이끌어줄 NPC가 한 명도 없을 거라고는 생각도 하지 못했다.

이런, 베론 기사가 도대체 뭐라고 한 거야!

호의가 넘쳐도 문제일 줄이야.

그 순간 떠오른 메시지.

[퀘스트 '제국의 숨겨진 비밀 4'로 이어집니다.]

서둘러 퀘스트 내용을 확인했다.

[제국의 숨겨진 비밀 4]

[견습기사를 희망하는 자들을 이끌어 폐허의 건물을 정복하라. 살아남은 이들의 수에 따라 보상이 달라진다.]

[성공할 경우 : ?]

[실패할 경우 : 재도전 불가]

그 퀘스트가 뜨자마자 변화가 일어났다.

[파티가 생성됩니다.]
[파티의 장으로 인정됩니다.]

이제 견습기사 지망생들의 레벨까지 확인이 가능해진 것이다.

하아……

마침 카이론 백작이 웃었다.

"그럼 믿고 맡기지."

"……"

무혁은 쉽게 고개를 끄덕이지 못했다.

생각과는 달랐지만 그러면 어떤가. 어떻게 해서라도 건물의 꼭대기까지 올라가면 되는 일이었다.

70레벨 이상의 NPC가 무려 10명인데 뭐가 두려울까. 거기에 스켈레톤이 25마리나 있다. 클리어를 못 하게 되면 재도전이 불가능하지만 성공만 한다면 아무런 문제도 없다.

겁먹을 필요 없어.

2층의 몬스터가 변종 광견. 60레벨의 몬스터다. 1층마다 2정도씩 상승한다고 감안해도 7층이 되면 70레벨 수준의 몬스터가 등장하리라.

이건 분명 '탑' 컨텐츠 개방을 목적으로 하는 퀘스트야. 그러니까 한 건물에서 난이도가 급상승하는 일은 없다는 거지.

무혁은 과거의 정보를 토대로 결론을 내렸다.

클리어할 수 있어, 충분히.

마침 목적지인 건물에 도착했다.

스윽.

등을 돌려 자신을 바라보는 열 명의 견습기사 지망생들을 눈에 담았다.

"편의를 위해 말을 놓겠다."

"예."

지망생이라 그런지 군대의 이등병처럼 태도에서 긴장감이 느껴졌다.

옛날 생각나네.

이등병을 지나 일병, 상병이 되었을 때부터 신병의 군기를 잡고는 했다. 그러다 병장이 되어 분대장을 맡게 되면서 리더라는 자리를 맡았었다.

새로운 경험이었다. 겨우 여덟, 아홉 명을 이끄는 것에도 부담을 느꼈었다. 물론 시간이 지나면서 적응했지만.

장난도 많이 쳤다. 병장인데 이등병인 척을 하면서 신병과 말을 놓는다거나 은근히 상병 한 명을 지목해서 같이 뒷담을 깐다거나. 그러다 상병과 거칠게 싸우고 마지막에는 상병을 향해 '엎드려'라는 한마디를 뱉었었다. 화가 났던 상병이 표정을 바꾸더니 다급히 엎드리던 모습을 보며 이등병은 크게 놀랐고 분대원들은 크큭거리며 웃었던 시절.

피식.

절로 웃음이 새어 나왔다.

재밌었지.

지나고 나니 그 모든 게 추억이었다.

그 모습을 의아하게 바라보는 시선들을 뒤늦게 깨달았다.

"크흠."

헛기침을 하며 상념을 지웠다.

"2층부터 몬스터가 나타난다. 총 7층으로 예상이 되는데 아마 이곳에서 너희는 상당한 경험을 쌓게 될 거다. 견습기사가 될 수 있는 밑바탕을 쌓는다고 생각하고 몬스터 토벌에 최선을 다해주길 바란다."

견습기사가 되기 위한 밑바탕. 그 말에 의욕을 불태우는 그들이었다.

"알겠습니다."

그런데 뒤쪽에 있는 이들의 표정이 조금 이상했다. 그러고 보면 대답도 제대로 하지 않은 것 같았다. 앞에 있는 이들은 목소리가 컸지만 뒤쪽에서는 소리가 거의 들리지 않았으니까. 뒤늦게 발견했지만 무혁은 개의치 않았다.

저런 이들도 있는 거지.

그리고 저들의 태도를 변화시킬 자신도 있었다.

"그럼 출발하겠다."

무혁은 오른쪽 벽돌을 눌러 건물의 문을 열었다.

끼이익.

어둠 속으로 걸음을 내디뎠다.

⬤

빠르게 3층까지 올라섰다.

2층에서 다시 리젠된 변종 광견을 처리한다고 피로가 꽤 쌓인 탓에 무혁은 3층에 오르자마자 휴식을 명령했다.

아직 소환할 필요는 없겠고.

조금 더 견습기사 지망생들만을 데리고 토벌을 이어갈 생각이었다. 몬스터를 잡아 이들의 레벨을 조금이라도 더 높여야 높은 층수에서도 안정적이 사냥이 가능할 테니까.

무혁도 앉아서 휴식을 취했다. 그러면서 경험치를 확인했다.

확실히 빨라.

무혁은 파티의 장으로서 경험치 분배를 '균등'으로 맞췄다. 열 명이서 나눠야 하긴 했지만 빠른 사냥이 가능하다는 점, 거기에 몬스터의 레벨도 무혁보다 높아서 경험치가 상당히 쏠쏠했다. 이런 기회를 놓칠 무혁이 아니었다.

7층까지 클리어하면…… 적어도 3업, 많으면 4업에서 5업 정도는 하지 않을까.

그런 기대감이 절로 들었다.

"충분히 쉬었으니 다시 출발한다."

"예."

견습기사 지망생 열 명을 이끌고 앞으로 나아갔다.

조심스럽게 약 50미터를 전진했을 즈음이었다.

위이이잉.

걸음 소리와 호흡 소리 사이를 비집고 들어오는 이질적인 소리가 고막을 때렸다.

무혁이 손을 들어 올리자 뒤를 따르던 지망생들이 모두 멈췄다.

"……."

기묘한 침묵을 깨고 나타난 몬스터. 62레벨의 대왕벌이었다.

작은 벌도 귀 주변을 날아갈 때면 소름이 돋고는 한다. 특유의 위이잉 하는 소리로 인한 오싹함 때문이다. 그러할진대 1미터 크기의 벌이 펼치는 날갯짓 소리라면? 듣는 것만으로도 전신에 닭살이 돋을 것이다.

대왕벌이라.

물론 무혁은 놈을 보자마자 공략법을 기억해 냈다.

생각보다 어렵지 않은 놈이야.

각 층을 오르기 위해선 해당 층수의 모든 몬스터를 처치해야만 한다. 2층의 변종 광견도 솔직히 공략법만 알면 어렵지 않은 놈이다.

물론 나타나는 모든 몬스터의 공략법을 알지는 못한다. 그렇기 때문에 이번 탐사에서 등장하는 몬스터의 공략법을 최대한 찾아낼 생각이었다. 그래야 '탑' 컨텐츠가 세상에 알려졌을 때 그것으로 최대한의 이득을 누릴 수 있지 않겠는가.

"다들, 전투준비!"

지금도 공략법대로 하면 쉽게 처리할 수 있지만 그러지 않았다. 일단 견습기사 지망생들에게 대왕벌이 얼마나 강한지를 느끼게 할 필요가 있었다. 그 이후 홀로 쉽게 처리하는 모습을 보여준다면 아직 무혁을 못마땅하게 여기는 몇 명의 지망생을 자극할 수 있을 것이다.

직접 느껴봐라.

그래서 먼저 그들만 내보내 대왕벌과 전투를 벌이게 만들었다.

"하아압!"

"대열 유지하고! 왼쪽이 비었잖아!"

대왕벌이 몸통 박치기를 하다가 오른쪽에 있던 지망생 한 명에게 벌침을 쏘았다. 그 순간 지망생의 움직임이 멈춰 버렸다.

당황스러운 표정을 감추지 못한 채 눈동자만 데굴데굴 굴리는데, 대왕벌이 몸을 틀었고 자연스럽게 날개가 기사의 얼굴로 향했다.

날개가 워낙 빠르게 움직이는 탓에 스치기만 해도 살점이

갈라질 위기였다. 그 순간 앞쪽에 있던 지망생이 방패로 대왕벌을 밀어버렸다.

"후아……."

덕분에 피해를 입지 않을 수 있었다.

흐음, 위험해 보이네.

그런 생각이 들었지만 무혁은 간간이 화살만 날릴 뿐, 끝까지 개입하지 않았다.

"흐어억!"

"크윽, 피, 피해!"

"막으라고!"

"자리 지켜!"

분명 나쁘지는 않았다. 다섯이 방패를 들고 방어에 전념했고 나머지 다섯이 틈을 노리며 검을 휘둘러 피해를 조금씩 입히고 있었으니까.

하지만 레벨에 비해서 약한 건 사실이었다. 경험이 부족해서 싸울 줄 모르는 것이다. 그 사실을 당사자인 그들도 뼈저리게 느끼고 있으리라.

"그만!"

무혁이 그제야 앞으로 나섰다.

"다들 물러서!"

"으으……!"

하지만 물러설 상황이 되지 않았다.

쯧.

무혁은 스켈레톤을 소환하여 대왕벌의 이목을 끌었다.

"물러서도록!"

"예, 예!"

"아, 알겠습니다!"

"거기서 대기한다."

열 명의 지망생이 방패로 몸을 숨긴 채 명령을 따랐다.

위이이잉.

그사이 대왕벌이 무혁의 지척에까지 접근했다. 그렇지만 무혁은 아무런 반응을 보이지 않았다.

주변을 빙글거리며 돌던 대왕벌을 바라보던 무혁이 한 걸음 내딛는 순간 녀석이 엄청난 속도로 벌침을 쏘아버렸다. 장침보다 훨씬 길어 보이는 침이 무혁의 어깨에 쑤욱 하고 박혔다.

[마비가 옵니다.]

1초, 2초.

마비가 풀리는 순간 어깨에 박힌 벌침을 뽑아내어 앞에서 위잉거리며 날아다니는 녀석을 향해 던져 버렸다.

대왕벌의 몸이 워낙 굵어서 쉽게 맞힐 수 있었는데 그 녀석도 무혁처럼 마비가 왔는지 움직임이 멈춰 버렸다. 심지어 날갯짓조차도.

이미 무혁은 놈의 지척이었다.

오랜만에 인벤토리에서 검을 꺼내어 신속하게 휘둘렀다.

서걱.

날개를 잘라 버린 것이다. 거의 동시에 마비가 풀린 대왕벌이었으나 날개를 잃어버린 탓에 더 이상 날아다닐 수가 없었다.

벌이 날지 못한다? 더 이상 위협적이지 않다는 것과 다름이 없었다.

이것이 바로 대왕벌의 공략법이었다. 놈이 사용한 침을 되돌려 주는 것. 아주 쉽지만 알지 못한다면 생각하기 어려운 일이기도 했다.

일반적으로 벌의 침에 쏘여 마비가 오면 당황하게 마련이고 서둘러 빼서 버릴 생각만 한다. 그걸로 공격을 하려는 생각은 하지 못하는 법이었다.

무혁은 검을 휘둘러 마무리를 지었다.

[경험치를 획득합니다.]

사체 분해를 통해 재료를 습득한 후 천천히 몸을 돌렸다.

둔화, 환각의 독. 약화의 마비, 출혈의 눈물은 사용할 필요도 없었다.

아깝기만 하지.

그것도 다 돈이기에 아낄 필요가 있었다. 이기는 싸움에선 쓰지 않을 생각이었다.

뭐, 그건 그렇고…….

무혁은 천천히 몸을 돌린 후 견습기사 지망생들을 눈에 담았다.

변화가 좀 있으려나?

가만히 살펴보는데 조금씩 미소가 지어졌다. 하지만 애써 굳은 표정으로 되돌려 놓았다. 견습기사 지망생들의 분위기나 태도가 확실히 처음과는 달라졌기 때문이었다.

이제야 표정이 괜찮네.

처음부터 잘 대답하고 열심히 한 이들은 보다 더 군기가 들었을 것이고 대답이나 행동을 건성으로 했던 자들은 이제 제대로 상황을 파악했으리라.

"모두 봤겠지만 대왕벌은 내가 한 것처럼 잡아야 한다. 침에 쏘이면 몸이 마비되겠지만 그 순간에는 동료의 도움을 받으면 된다. 이후 마비가 풀렸을 때 몸에 꽂힌 침을 뽑아서 다시 되돌려 줘라. 대왕벌이 마비되는 순간을 노려서 날개를 자르면 된다. 그다음은 말하지 않아도 알겠지?"

"예!"

대답이 제대로였다.

"좋아, 출발하기 전에 조를 나누겠다."

무혁은 다섯을 1조로, 나머지 다섯을 2조로 지정했다. 실력을 보여주고 지시를 내렸기 때문에 따르지 않을 자는 없었다.

"그럼 출발한다."

방금 전의 전투가 워낙 짧아서 휴식을 취할 것도 없었다. 다시금 앞으로 나아갔다.

저 멀리 대왕벌 두 마리가 등장했다. 한 마리보다 훨씬 위협적이었다. 작은 크기의 벌만 나타나도 진저리가 쳐지는데 저런 거대한 벌이라니. 솔직히 무혁도 미간이 찌푸려질 정도였다.

후우…….

하지만 애써 게임이라며 괜찮다고 다독였다. 죽어도 죽는 것이 아니고 공격을 당해도 고통을 거의 느끼지 않지만 겁이 난다거나 두렵다는 감정마저 제어할 수 있는 건 아니었다.

그나마 지금까지 무수한 몬스터를 사냥하면서 익숙해진 덕분에 인내할 수 있는 것이었다.

"후읍, 후우……."

하지만 뒤쪽에 있는 견습기사 지망생들은 오직 훈련만을 거친 상태다. 몬스터 사냥은 거의 없었다. 당연히 대왕벌이 두려울 것이다. 흔들리는 동공만 봐도 알 수 있었다.

"내 말대로만 하면 쉬운 녀석이니 집중해라."

"아, 알겠습니다!"

"1조 앞으로, 2조는 뒤에서 대기."

1조의 다섯이 나서서 위치했다. 뒤쪽은 2조 다섯이 섰다.

대왕벌이 거리를 좁히더니 지망생 열 명의 주위를 돌아다녔다.

위이이이이잉.

하지만 지망생들은 움직이지 않았다.

"한 걸음 앞으로."

무혁의 지시를 듣고서야 행동으로 옮겼다.

저벅.

그 순간 대왕벌 두 마리가 엉덩이를 들이밀면서 침을 쏘았다. 그 침에 맞은 지망생 두 명이 움찔하는 순간, 주변에 있는 나머지 지망생들이 둘을 둘러싸면서 보호했다.

마비가 풀린 지망생 두 사람이 몸에 꽂힌 침을 뽑더니 지면을 강하게 밀어냈다.

파바밧.

앞으로 달려 나가며 대왕벌과의 거리를 좁혔다. 이내 가까운 거리에서 벌침을 던져 날고 있는 대왕벌을 맞혔다.

"지금!"

함께 달려든 여덟 명의 지망생이 마비되어 바닥에 떨어진 대왕벌의 날개를 잘랐다.

이후로는 순조로웠다. 두 마리 대왕벌이 할 수 있는 건 없었다. 꿈틀거리며 죽어갈 뿐이었다.

[경험치가 상승합니다.]×2

무혁은 다가가 사체 분해를 했다.

[사체 분해를 시작합니다.]
[진행도 17퍼센트…….]
[사체 분해를 종료합니다.]
[대왕벌의 날개(×1)를 획득합니다.]

두 마리 모두 날개가 나왔다.

"바로 출발한다."

"예!"

이번에도 휴식은 필요가 없었다. 벌침에 쏘여서 마비는 오
지만 대미지 자체는 그리 크지 않기 때문이다. 마비가 되었던
지망생 두 명도 멀쩡하게 걸음을 옮겼다.

위이이잉.

얼마 가지 않아 대왕벌이 나타났다. 이번에는 세 마리였다.

세 마리 이후 다시 한 마리가 나타났다.

다행이네.

네 마리, 혹은 다섯 마리가 나타났더라면 꽤 귀찮아졌을 것

이다.

세 마리면 그냥 쭉 가면 되겠어.

1시간을 사냥하고 10분을 쉬는 방식으로 대략 3시간 30분을 이동했을 즈음이었다.

"조장님!"

지망생 한 명이 무혁을 불렀다. 물론 대답은 하지 않았다. 애초에 대답을 원하는 부름도 아니었으니까.

"저 앞에서 쉰다."

드디어 3층의 모든 곳을 청소하고 희미한 막이 길을 막고 있는 장소에 도달한 것이다. 그곳으로 향해 지망생이 들고 온 주문서로 막을 없앴다.

이후 충분히 휴식을 취한 후에 4층으로 올라갔다.

어떤 놈이 나오려나.

기대 반, 걱정 반이었다.

"어떤 놈이 나올지 모르니 경계해라."

"예."

어디에 몬스터가 있을지 모르기 때문에 지망생들이 낮은 목소리로 대답했다. 무혁은 고개를 끄덕이며 앞장을 섰다.

키리릭.

강화 스켈레톤 두 마리만 소환한 상태로 말이다.

약 5분을 이동했을 즈음이었다.

크르, 크르…….

마치 짐승이 우는 듯한 소리가 들려왔다.

저 멀리 삐거덕거리며 다가오는 녀석이 보였다.

인간형? 속도는 느린 것 같은…….

그렇게 생각하는 순간.

스팟.

느리게 다가오던 녀석이 갑자기 엄청나게 빨라졌다.

순식간에 거리를 좁히는 모습에 조금 놀랐으나 침착하며 서둘러 명령을 내렸다.

방어 모드.

강화뼈1, 2가 방패를 내밀었다.

콰아앙!

강력한 소리가 퍼졌다.

무혁은 지척에서 놈을 확인할 수 있었다.

으음…….

안타깝게도 이름을 모르는 몬스터였다. 본 기억이 있기는 한데 특성에 대해선 전혀 기억이 없었다.

지금 파악해야겠지.

놈의 생김새가 제대로 시야에 들어왔다. 일단 놈은 인간형 몬스터였다. 다만 인간과 확연하게 다른 부분이 있었는데 그 첫 번째가 피부가 너무나 붉다는 것이었고 두 번째가 송곳니가 마치 맹수처럼 길게 자라 있다는 사실이었다.

크워어어어!

놈이 포효하며 강화뼈1, 2를 양쪽으로 밀어냈다.

무혁은 뒤로 물러나며 시위에 화살을 건 후 곧바로 놓아버렸다.

파앙!

뻗어 나간 화살이 놈의 머리에 박혔고 그 충격으로 뒤로 날아갔다. 하지만 곧바로 몸을 벌떡 일으키더니 또다시 무혁에게로 돌진해 왔다.

강화뼈1, 2 위치로.

강화뼈가 놈을 막는 사이 무혁이 외쳤다.

"다들 전투준비!"

"예!"

"2인 1조로 움직인다!"

지망생 열 명, 즉 다섯 개의 조가 대형을 갖추며 몬스터를 감쌌다. 빠져나갈 곳은 없었다.

"공격!"

무혁의 명령과 함께 지망생들이 거리를 좁혔다.

"흐아아압!"

그들이 기합을 터뜨리며 놈을 공격하자 녀석이 목표물을 무혁에서 그들로 바꿨다. 공격을 당하면서도 끝내 한 명의 지망생에게 접근해 집중적으로 공격을 퍼부었다.

"크윽!"

그때 무혁의 미간이 찌푸려졌다.

몬스터가 지망생의 팔뚝을 물어뜯고 있었던 것이다.

—————!

동시에 놈의 몸에 났던 상처가 빠르게 아물었다. 그걸 보고 깨달았다.

흡혈귀……!

같은 조의 지망생이 서둘러 놈을 공격한 덕분에 팔뚝의 살점만 조금 뜯기는 것으로 끝이 났지만 출혈이 심해서 계속된 전투는 힘들어 보였다.

거기서 끝이 아니었다. 흡혈귀를 상처 입혔다고 생각하면 또다시 지망생의 살점을 뜯어 HP를 채우곤 했다. 그렇게 반복되는 전투는 도저히 끝이 나지 않을 것 같았다.

"다들 물러서!"

무혁이 시위에 화살을 걸었다.

강력한 활쏘기.

지망생들이 무혁의 뒤로 오자 흡혈귀도 그들을 쫓아 달려들었다.

무혁은 놈을 바라보며 시위를 놓았다.

파앙!

뻗어 나간 화살이 놈의 가슴에 꽂혔다. 그리고 그 충격에 놈이 뒤로 밀려났다.

"스켈레톤 전사 소환. 아처 소환. 메이지 소환."

이후 모든 스켈레톤을 소환했다.

검뼈 전원, 돌진.

검뼈들이 달려드는 흡혈귀와 부딪쳤다.

키리릭.

흡혈귀가 검뼈의 뼈를 물었지만 살아 있는 녀석이 아니라 HP를 흡수할 수가 없었다.

한마디로 천적이지.

이건 오직 네크로맨서만이 가능한 공략법이었다.

뒤를 슬쩍 돌아봤다. 견습기사 지망생들의 표정이 굳은 상태다. 동료 세 명이 심각한 상처를 입었으니 당연했다.

여기선 나 혼자 사냥해야겠네.

흡혈귀는 사냥하기가 매우 까다롭다. 저들과 같은 NPC에게는 더더욱.

다시 정면을 바라봤다.

활뼈, 연사.

강화뼈, 방어 모드.

메이지, 마법 공격.

각종 공격이 흡혈귀의 전신을 강타했다.

콰과광!

무혁도 화살 한 대를 시위에 걸었다.

그 순간이었다.

크륵, 크르륵…….

흡혈귀가 힘을 잃고 쓰러졌다.

[경험치가 상승합니다.]

무혁은 놈에게 다가가 사체 분해를 했다.

[흡혈귀의 송곳니(×2)를 획득합니다.]

몸을 일으킨 후 경매 시스템에서 붕대 하나를 구입했다. 이후 지망생들을 보며 말했다.

"방금 전 몬스터는 흡혈귀다."

"……."

"저들은 너희와는 상성이 좋지 않다. 해서 나 혼자 놈을 처리할 생각이다. 이의 있나?"

"없습니다!"

"좋아. 4층에서는 쉬어라. 5층에서 다시 전투를 이어가야 할 테니."

이후 상처 입은 지망생에게 다가가 붕대를 감아줬다. HP 포션이 가장 좋기는 하지만 그건 구하기가 매우 어렵다. 경매 시스템에서도 판매하는 유저가 거의 없었으니까.

구할 곳은 오직 신전뿐인데 조건이 아주 까다롭다. 1개를 얻기 위해 투자해야 할 시간과 돈이 엄청났기에 유저들은 애초에 HP 포션은 포기한 상태였다. 그나마 MP 포션이 구하기가 쉬웠지만 지금의 무혁에게는 쓸모가 없는 아이템이었다.

"아……."

지망생의 눈이 커졌다.

"가, 감사합니다!"

"앞으로 조심하도록."

"예!"

나머지 두 명의 지망생에게도 붕대를 감아줬다. HP 회복률이 미미하게 상승하는 효과가 있어서 조금 더 빠른 치료가 가능하리라.

호감도가 오른 건 덤이었다. 하지만 무혁은 마음이 편하지 않았다. 흡혈귀를 홀로 사냥하기로 마음먹은 이상 저들과의 균등한 경험치 분배는 곤란했기 때문이다. 손해를 볼 수는 없었으니까.

파티의 설정 창을 열었다.

[현재 경험치 분배 상태 : 균등]

손을 뻗어 분배 상태를 변경했다.

메시지가 떠올랐다.

['균등' 분배가 '기여도' 분배로 바뀝니다.]

미안한 마음을 애써 지우며 다시 사냥을 나섰다.

"출발한다."

"예!"

얼마 가지 않아 두 마리의 흡혈귀와 조우했다.

검뼈들을 일렬로 만들어 놈들이 달려드는 것을 막았고 혹시 뚫리더라도 강화뼈1, 2가 있었기에 위험은 거의 없었다.

그 상태로 활뼈와 함께 화살을 쏘면서 대미지를 입혔고 메이지의 쿨타임이 돌아오면 마법을 쏘아 큰 피해를 입혔다.

물론 지척에 있는 검뼈들의 활약이 가장 컸다.

크아아아!

적어도 60레벨 중반은 될 법한 몬스터였지만 흡혈귀는 흡혈을 해야 위력이 센 몬스터다. 스켈레톤을 상대로는 흡혈을 할 수 없으니 약하게 느껴지는 것도 무리는 아니었다. 그럼에도 불구하고 검뼈 다섯 마리가 역소환되고서야 놈들을 처치할 수 있었다.

[경험치가 상승합니다.]×2

역시 한 마리와는 달랐다.

세 마리면 열 마리 넘게 역소환되겠는데…….

무혁은 휴식이 필요함을 느꼈다. 모든 스켈레톤을 역소환한 후 자리를 잡고 앉았다. 그리고 보니 건물에 들어온 지 벌써 4

시간이 훌쩍 지났다. 포만도도 꽤 떨어진 상태였기에 휴식을 취하면서 요리를 해 먹기로 했다.

"다들 배고프지?"

"아, 네⋯⋯."

"기다리고 있어."

견습기사 지망생들과 친분을 쌓아서 나쁠 건 없었다. 현재 이들의 성장은 유저보다는 분명히 느리다. 하지만 레벨 100이면 되어 기사가 된다면 이야기가 달라진다. 본격적으로 토벌을 다니게 되면 성장하는 속도가 유저 못지않게 빨라지기 때문이다.

조금 더 자라서 기사단의 핵심 인원이 될지도 모를 일이다. 이곳에서 그런 인물이 나오지 말라는 법은 없지 않은가. 그렇기에 이들과 좋은 관계를 유지한다면 훗날 조금이라도 더 앞서 나갈 수 있는 발판을 마련할 수도 있을 터였다.

그러다 고개를 돌린 무혁의 시선으로 반짝이는 눈빛을 발산하고 있는 견습기사 지망생들을 보았다.

"⋯⋯."

먹을 것을 기다리는 순진한 아이들의 얼굴이었다.

그래, 기껏해야 10대였지.

굳이 위와 같은 이유가 아니더라도 어차피 음식을 만드는 이상 여럿이서 함께 먹으면 더 맛있지 않겠는가. 게다가 분배를 바꾼 것도 마음에 걸렸고. 문득 자신의 속물적인 마음이 부끄러워졌다.

한심하기는.

기껏해야 며칠 정도의 차이가 아닌가. 거기에 너무 목을 맨 것은 아닐까.

어쩌면 저들을 단순한 NPC로 여겼는지도 몰랐다.

함께하는 지금은? 저들은 그저 단순한 게임상의 인물일 뿐 인가?

아니었다. 숨 쉬고 말하고 감정이 있는 인간이었다. 눈앞에 있는 저 아이들이 가짜라고 생각하고 싶지는 않았다. 일루전 에서만큼은 진짜이리라.

자조적인 미소가 그려진다. 동시에 손이 움직였고.

['기여도' 분배가 '균등' 분배로 바뀝니다.]

결국 기여도를 바꾸고야 말았다. 왜 그랬는지는 모르겠다. 하지만 그러고 싶었다.

그래, 그냥.

그제야 마음이 편해졌다.

피식.

가볍게 웃으며 쓸데없는 잡념을 지우고 음식에 더욱 집중했 다. 간단하지만 따뜻한 마음이 담긴 스프가 그렇게 완성되었다.

[레벨을 뛰어넘는 음식을 요리했습니다.]

[손재주(1)가 상승합니다.]

[요리 스킬의 레벨이 상승합니다.]

[손재주(1)가 상승합니다.]

손재주가 2개 상승했고.

[소고기 야채수프]

요리사의 정성이 깃든 음식이다.

-3시간 동안 체력 +2

요리 스킬의 레벨은 4가 되었다.

다 함께 수프를 먹었다.

[체력(2)이 상승합니다.]

그 메시지가 무혁을 미소 짓게 만들었다.

"후아, 진짜 맛있어요, 조장님!"

"최고예요!"

칭찬까지 들으니 기분이 더욱 좋아졌다. 뛰어난 수프의 맛과 따뜻함이 함께해서 그런지 분위기까지 화기애애했다. 조금은 어색하고 굳어 있던 지망생들의 표정이 밝게 펴진 것도 한몫을 했다.

어느새 지망생들은 서로에게 말을 걸며 친해진 상태였고 간간히 무혁과도 일상적인 대화를 나눴다. 이들을 진짜로 여기면서 조금 더 인간적으로 대할 수 있게 된 것이다.

그렇게 1시간이 조금 넘는 식사 시간이 끝나고.

"자, 다시 가 볼까."

"예!"

그들과 함께 4층을 돌아다녔다.

그러다 마주친 세 마리의 흡혈귀.

"소환."

스켈레톤을 소환하여 놈들을 상대했다.

키릭, 키리릭.

한 마리보다는 두 마리가 힘들었고, 두 마리보다는 역시 세 마리가 훨씬 힘겨웠다. 검뼈 전원이 부서진 것도 모자라서 활뼈 다섯 마리와 메이지 두 마리까지 역소환이 되어버렸다.

그 탓에 무혁 본인의 안전을 위해 뒤로 빼놓고 있었던 강화뼈1, 2를 투입했는데 확실히 검뼈와는 차원이 다른 위력을 보여줬다.

특히 강화뼈2의 활약이 대단했다. 다크나이트 세트를 입은 덕분에 강화뼈1보다 모든 것이 우위에 있었다. 검을 한 번 휘두를 때마다 흡혈귀의 몸에 나는 상처의 깊이는 무혁이 봐도 심상치 않았으니까.

크워어어어!

발광하는 흡혈귀들이었지만 끝내 버티지 못하고 목숨을 잃었다.

[경험치가 상승합니다.]×3

지망생들은 그 모습을 진지한 표정으로 지켜보고 있었다. 실전을 앞에서 보는 것도 분명 성장에 도움이 될 테니까.

그렇게 4층에서 흡혈귀를 사냥하다 보니 어느새 저녁 12시에 가까워졌다. 시간이 늦었기에 지망생들에게 취침을 명령하고 무혁은 로그아웃을 했다.

찝찝함을 없애기 위해 샤워를 하고 나온 후 침대에 누워 휴대폰을 확인했다.

먼저 메신저.

"……."

아무것도 없었다.

쩝.

무혁은 곧바로 문자를 확인했다.

이건 스팸이고.

쓸데없는 문자가 대부분이었다.

오호.

그러다 한 가지를 발견했다. 일루전의 세계에서 입금해 준 인센티브였다.

일, 십, 백, 천⋯⋯.

금액은 무려 18,856,500원이었다.

세금 3.3퍼센트를 떼었으니⋯⋯.

대충 계산 해봐도 시청률이 3퍼센트는 오른 것이었다.

엄청나네.

솔직히 무혁도 이 정도까진 기대하지 않았었다.

1.5퍼센트만 더 올라도 좋다고 생각했는데⋯⋯.

여기에 정보 게시판이 탑 3에 들어서 조회 수에 따른 금액 까지 지급받는다면?

또 일루전 주식이나 사야지.

그런 생각을 하며 일루전 홈페이지에 접속했다.

정보 게시판을 보는 순간.

"허어⋯⋯."

기대는 했지만 설마 현실이 될 줄이야.

무혁이 올린 두 개의 게시물이 2, 3위를 차지하고 있었다. 1편이 2위였고 2편이 3위였는데 조회 수는 각 370만, 350만이 었다. 방송을 타게 되니 조회 수가 미친 듯이 폭발한 것이다. 덕분에 1주 동안의 조회 수를 총합하여 순위를 정하는 팁 게시판의 특성상 탑 3에 들 수밖에 없었다.

일루전으로부터 돈을 받는 게 확실시된 것이다.

조회 수 1당 2원이니까…….

1,440만 원이었다.

돈이 쌓이는구나.

알고 있는 몇 개의 정보를 판매하는 것만으로도 이 정도 돈이 벌렸다. 앞으로도 시기에 맞춰 계속해서 정보를 판다면 돈 걱정은 하지 않아도 되리라.

일루전 주식도 사고…….

계획을 세우는데 문득 가족이 떠올랐다.

으음.

실밥 풀린 아버지의 지갑, 어머니의 낡은 신발. 누나는…….
본인이 알아서 잘 사고 잘 노니까 패스.

아무튼 집이나 차와 같은 고가의 것은 아니더라도 생각했던 것 정도는 선물할 수 있는 여유가 생겼다.

그래, 사드리자.

흐뭇한 미소를 지으며 눈을 감았다. 손에 들린 휴대폰이 떨어지고.

투욱.

고요함 속에서 어느새 잠에 취한 무혁이었다.

다음 날.

마찬가지로 4층의 흡혈귀를 사냥하던 무혁이 시간을 확인했다.

지금이 저녁 7시.

오늘은 가족의 선물을 사기 위해 일찍 로그아웃을 했다. 견습기사 지망생들에게는 안전한 곳에서 편안하게 휴식을 취하라고 명령했으니 크게 걱정할 필요는 없으리라.

뭐 입지.

샤워는 헬스장에서 했으니 패스.

지금은 옷을 고르는 중이었다.

"흐음."

마음에 드는 게 없었다.

이것도 별로고.

행거에 걸린 옷이 이리저리 흔들렸다. 그러다 그나마 깔끔해 보이는 흰색 와이셔츠를 발견하고는 그것을 집어 들었다. 입고 있던 누런 셔츠를 벗고 와이셔츠를 입었다. 그 위로 깔끔한 재킷을 걸치고 무난한 청바지를 입는 것으로 스타일링을 마쳤다.

뭐, 괜찮네.

나름 만족하며 집을 나선 후 가까운 곳에 위치한 백화점에 들렀다.

"어서 오십시오."

입구에 있던 직원이 인사를 했다. 무혁은 안으로 들어간 후 층수에 따른 진열 상품부터 확인했다.

지상 1층이 식품, 지상 2층이 패션잡화였다.

2층에 있겠네.

곧바로 에스컬레이터를 타고 2층으로 올라갔다. 올라오니 확실히 눈이 번쩍였다. 입구에서부터 시작되는 액세서리들이 가장 먼저 시선을 사로잡았다. 금목걸이, 금반지는 기본이었고 다이아가 자태를 뽐내고 있었다.

후우, 저런 건 얼마지?

슬쩍 가격을 봤다.

GIA 다이아몬드. 1캐럿이 880만 원이었다.

후우, 미쳤네.

고개를 저으며 진열대 몇 개를 지나니 시계가 나타났다. 역시 호화롭게 번쩍이고 있었다.

크으, 멋있네.

남자이기에 시계에 눈길이 가는 게 당연했다. 잘 알지는 못하지만 딱 보았을 때 멋지다는 생각이 드는 걸 막을 순 없었다.

조금만 더 참자. 시간이 흐르면 저 정도는 아무렇지도 않게 사는 날이 올 테니까.

그렇게 믿었다.

저벅.

그렇게 코너를 돌던 무혁이 걸음을 멈췄다.

가장 자리에 세워진 가방 브랜드가 눈에 들어온 것이다. 유명한 명품들.

흐음.

반지갑이라 뭘 사도 크게 부담은 없었지만 아버지의 입장도 생각을 해야 했다.

명품 브랜드에 따라 가격대의 차이는 있었다.

흐음, 70~80만 원 정도로 할까.

가장 적당한 가격인 것 같았다.

한 브랜드 샵으로 들어가니 직원이 반겼다.

"어서 오십시오!"

"아, 네."

"찾으시는 물건 있으신가요?"

"반지갑 좀 보려고요."

"아하, 반지갑이요. 이쪽으로 오세요."

직원을 따라가니 반지갑이 진열되어 있었다. 하나씩 보여주면서 설명을 하는데 솔직히 귀에 들어오지는 않았다.

흐음, 다 거기서 거기…….

그러다 한 가지가 눈에 들어왔다.

진한 회색 바탕에 문양이 있는 지갑이었는데 색감 덕분인지 상당히 심플하면서 세련되어 보였다.

"이거 괜찮네요."

"아, 그 제품이요? 그 제품은……."

"얼마예요?"

"아, 네. 원래는 88만 원인데 지금 세일 기간이라 70만 5천원에 판매하고 있습니다."

가격도 아주 적당했다.

"이걸로 하죠."

물건을 보고 사는 데까지 걸린 시간은 대략 1분. 이게 바로 남자의 쇼핑이었다.

"일시불이요."

"네, 감사합니다."

샵에서 나온 무혁은 흐뭇하게 웃으며 휴대폰을 꺼냈다.

엄마 신발은 뭐로 하나.

검색을 통해서 괜찮은 브랜드를 찾아냈다.

페레X모라.

마침 매장도 바로 옆에 있었다.

"어서 오세요."

"네."

"필요한 거라도 있으세요?"

지갑이야 무혁도 보는 눈이 있으니 그냥 골랐지만 구두는 아니었다.

이건 직원의 추천을 받는 게 더 나을 것 같았다.

"어머니한테 선물하려는데요. 괜찮은 게 있을까요?"

"아, 어머니요?"

"네."

"이쪽으로 오세요."

설명해 주는 지원의 말을 유심히 들었다.

"이게 요즘 가장 잘나가는 스타일의 구두예요. 유광, 무광이 따로 있고요. 색감도 아주 좋아서……."

확실히 구두가 깔끔하고 예뻤다.

괜찮네.

과하지 않지만 세련되었다. 나이가 있는 이들에게 안성맞춤일 것 같았다.

"좋네요."

"그렇죠?"

"네, 유광 블랙으로 하죠."

"잠시만 기다려 주세요!"

포장이 끝나고 계산대로 향했다.

"42만 원입니다."

"일시불이요."

그렇게 두 가지 선물을 구입한 무혁은 백화점을 빠져나와 택시를 잡아탔다. 목적지는 부모님댁이었다.

집에 도착한 무혁은 곧바로 두 분에게 선물을 드렸다.

"이게 뭐니?"

"선물이야."

"선물?"

이혜연의 눈이 커졌다. 강선우 역시 의아한 표정이었다.

"갑자기 웬 선물이냐?"

"그냥요. 해드리고 싶어서요."

"크흠, 그러냐?"

포장이 되어 있어서 아직 뭔지 모르는 눈치였다.

"풀어보세요."

"그럴까?"

이혜연은 웃으며 포장을 조심스럽게 풀었고 아버지인 강선우는 아무런 말도 없이 포장을 조금은 거칠게 뜯었다.

포장지가 뜯겨 나가고 물건이 정체를 드러냈을 때 두 사람 모두 크게 놀란 표정이었다.

"이건……"

"어, 어머!"

두 사람 모두 선물 받은 물건이 어느 브랜드인지 알고 있었다. 그랬기에 기쁨 속에서도 걱정을 비쳤으리라.

"아들, 돈이 어디 있다고……"

"돈 걱정은 하지 말고. 그보다 마음에 들어?"

"예쁘긴 한데……"

"그럼 됐어. 아버지는요?"

"크흠, 괜찮구나."

두 사람의 태도에 괜스레 웃음이 났다.

좋으면서.

무혁은 잠시 자리를 피하기로 했다.

"난 손 좀 씻고 나올게."

그러면서 방으로 들어갔다.

두 사람만 남은 거실. 그제야 기쁨을 감출 수 없는 미소가 그려졌다.

"여보, 우리 아들이 구두를 사 왔어요."

"나도 지갑 받았어."

"정말, 정말······."

이혜연이 말을 잇지 못했다. 어느새 이혜연의 눈시울은 붉어진 상태였다. 그녀는 겨우 말을 이어갔다.

"정말, 기뻐요."

"······."

강선우 역시 마찬가지였다.

"크흠, 난 잠깐 서재에 다녀올게."

그러면서 방으로 들어간 강선우가 어딘가로 전화를 걸었다.

"어, 뭐 해? 아니, 난 잘 지내고 있지. 어, 그럼. 아니, 글쎄 오늘 아들이 명품 브랜드 지갑을 선물로 사들고 왔지 뭐야."

그의 표정이 참으로 행복해 보였다.

4층 흡혈귀를 모두 죽인 것은 물론이고 5층으로 향하는 장소까지 발견했다.

그곳을 막고 있는 새하얀 막은 주문서를 사용해서 없애버렸다.

"조장님, 올라가면 5층인 거죠?"

"그래, 맞아."

"후아, 5층이라……."

4층에서는 솔직히 그들이 활약할 게 없었다. 무혁이 스켈레톤을 소환하여 혼자 흡혈귀를 처리했으니까. 그래서 5층은 상대할 수 있는 몬스터가 나오길 희망했다. 모두 결의에 찬 표정으로 걸음을 내디뎠다.

저벅.

그렇게 다 함께 5층으로 올라섰다.

이제 5층.

현재 오른 층수를 제외한다면 두 개의 층만이 남게 된다. 6층과 7층. 그곳만 오르게 되면 이곳을 클리어하는 것이다.

물론 컨텐츠가 오픈되기 전이라 보상은 없겠지만 대신 카이론 백작이 합당한 대가를 주리라.

"가자."

"예!"

5층을 거닐었다. 골목을 도는 순간, 생각보다 작은 키를 지닌 몬스터가 나타났다.

68레벨의 스몰 오우거였다.

으음…….

무혁의 표정이 좋지 않았다.

놈은 약점이 없는 몬스터였다.

키는 1미터 정도. 작은 만큼 날렵해서 화살로 맞히기가 아주 어렵다. 심지어 마법도 어렵지 않게 피해낸다. 검으로 상대한다고 해도 키가 작으니 노려야 할 부분에 더욱 신경을 써야했다. 하지만 정작 문제는 그런 게 아니다.

오우거다. 무려 오우거. 그 이름 그대로 힘이 아주 강하다. 평범한 오우거보다 훨씬 더.

작은 몸집으로 빠르게 움직이며 한 번 주먹을 휘두르면 HP가 한 뭉텅이씩 빠져 버리니 어찌 곤란하지 않을까. 거기에 방어력과 HP까지 높아서 죽이는 게 여간 어려운 게 아니었다.

현재 무혁의 레벨로 상대하는 건 분명히 무리다.

공략법이 없으니 난감하네.

이럴 때는 오직 하나. 정공법으로 상대해야만 한다. 최대한 안전하게. 시간을 끌어도 상관없다. 최소한의 피해를 입으면서 놈을 상대해야만 했다.

일종의 말려 죽이기 작전.

그나마 스켈레톤이 있으니 어떻게든 될 것 같기는 했다. 희생시켜야겠지.

"소환."

동시에 메이지가 마법을 사용했다.

콰과광!

달려들던 스몰 오우거는 쉽게 마법을 피했지만 무혁 역시 그것을 예상하고 각자 다른 범위로 마법을 사용했다. 적어도 한 가지 마법에는 적중당할 수밖에 없었다.

활뼈, 연사.

뼈 화살도 한곳이 아니라 드넓게 퍼지면서 쏘아졌다.

그사이 무혁은 인벤토리를 확인했다. 그곳에서 둔화의 독, 환각의 독, 약화의 마비, 출혈의 눈물을 꺼내 앞에 있는 강화 뼈1, 2와 검뼈3, 4의 무기에 발라줬다.

오랜만인데, 이것도.

최대한 아끼려 했지만 지금은 아낄 상황이 아니었다.

돌진, 공격.

지시를 내린 후 시위에 화살을 걸었다.

강력한 활쏘기.

아쉽게도 공격은 빗나갔다. 무혁은 서둘러 활을 인벤토리에 넣고 여유분으로 챙겨뒀던 지팡이를 꺼내어 들었다. 마법 공격력 90짜리의 무기였다.

죽은 자의 축복.

공격용으로 스킬을 사용했다.

[585의 대미지를 입힙니다.]

상당한 대미지였다.

다시 지팡이를 넣고 활을 꺼냈다.

그사이 검뼈 두 마리가 역소환되었다. 하지만 스몰 오우거 역시 독에 당해 움직임이 조금은 느려졌다. 독과 출혈의 눈물로 인해 HP가 지속적으로 줄었고 약화의 마비로 인해 모든 능력치가 아주 조금 떨어졌다.

그러나 분명한 것은 제대로 된 피해를 입히진 못했다는 사실이다. 1,500이 넘는 대미지를 주긴 했지만 놈의 HP는 최소한 2만이 넘을 터. 아직 가야 할 길이 멀었다.

파밧.

스몰 오우거가 사방을 휩쓸었다.

검뼈 한 마리의 앞에 나타난 놈이 주먹을 휘두르자 검뼈의 얼굴뼈가 그대로 박살이 나버렸다. 그대로 어깨뼈를 잡고서는 강하게 쥐자 양쪽 팔이 떨어져 나갔다. 한 손으로 박살이 난 검뼈를 쥐고는 등을 돌린 채 달려드는 다른 검뼈를 향해 던져버렸다.

키리릭!

강화뼈1, 2 앞으로.

그나마 강화뼈 두 마리로 상대가 가능했는데 놈은 얄밉게도 강화뼈를 피하고 있었다.

무식했던 일반 오우거와 달리 머리도 좋았던 것이다. 아니, 어쩌면 본능적으로 알고 있는 것인지도 몰랐다. 강한 놈을 남기고 약한 놈부터 쓸어버리는 게 더 확실하다는 것을 말이다. 괜히 강한 놈부터 건드렸다가 발이 묶인다면 괜스레 빌미를 제공할 수도 있을 테니까.

"……"

그 모습을 지켜볼 수밖에 없었다.

퍼석.

빠르게 줄어드는 검뼈들.

어느새 12마리의 검뼈 전원이 역소환되었다. 남은 것은 두 마리의 강화뼈와 일곱의 활뼈, 넷의 메이지뿐이었다.

그때 메이지의 쿨타임이 돌아왔다.

강화뼈1, 2 뒤로.

강화뼈가 아처와 메이지의 앞에 위치했다. 검뼈가 모두 사라진 지금, 녀석은 활뼈를 노리는 상태였다. 그렇기에 강화뼈를 뒤로 뺀 상태로 화살만 날려댄다면 놈은 어쩔 수 없이 거리를 좁혀올 것이다.

크르르.

예상대로였다. 놈은 계속해서 날아오는 뼈 화살을 결국 피하지 못했고 그 순간 지면을 차면서 순식간에 거리를 좁혀왔다.

강화뼈 두 마리가 놈이 달려드는 곳에서 방패를 들어 올렸다.

콰앙!

강력한 소리가 퍼졌다.

쾅, 콰앙!

놈이 주먹을 휘두르는 소리였다.

엄청난 속도였다.

콰과광!

방패로 막고 있음에도 불구하고 강화뼈의 HP가 빠르게 줄어들었다.

그 순간 메이지의 마법 공격이 놈에게 쏟아졌다. 거리가 가까워 피할 수 없었다.

연이어 뼈 화살이 쏟아졌다.

강력한 활쏘기.

무혁도 거들었다.

파앙!

이후 지팡이를 들고서 HP가 바닥으로 향해가는 강화뼈1에게 죽은 자의 축복을 사용했다.

['강화뼈1'의 HP(760)가 회복됩니다.]

HP가 40퍼센트 가까이 차올랐다. 덕분에 버틸 수 있는, 또한 피해를 입힐 수 있는 시간이 늘었다.

전투가 갈수록 치열해졌다.

그 순간 강화뼈1이 결국 부서지고 말았다.

"후우."

아직은 괜찮았다. 다크나이트 세트를 입고 있는 강화뼈2가

버티고 있었으니까.

그 뒤로 활뼈가 뼈 화살을 날리고 메이지의 마법 쿨타임이 돌아오면 다시 마법을 쏘아댔다. 무혁 역시 쿨타임이 돌아오면 강화뼈2의 HP를 채워줬다. 강력한 활쏘기도 쿨타임이 돌아올 때마다 사용했다.

덕분일까. 스몰 오우거의 전신이 상처로 가득해졌다. 눈빛이 더욱 날카로워졌지만 움직임은 조금 더 느려졌다.

하지만 그런 상태의 스몰 오우거조차 강력했다. 강화뼈2도 얼마 버티지 못하고 역소환을 당하고 말았다. 남은 활뼈와 메이지는 순식간에 녹아버렸다.

이제 견습기사 지망생들이 움직일 시기였다.

"모두 2인 1조로 움직인다!"

"예!"

"놈의 HP가 얼마 없으니 모두 집중해라!"

견습기사 지망생들이 나섰다. 그들의 레벨은 최소 60 이상. HP를 많이 떨어뜨린 스몰 오우거이니 충분히 승산이 있었다.

"하아압!"

"거기 막아!"

"공격해!"

2인 1조가 되어 놈을 휘감은 채 사방에서 검을 찔렀다. 스몰 오우거가 발광하면서 공격을 퍼부으면 앞에 있는 지망생이 방패로 같은 조원을 보호해 줬다.

"음?"

"할 수 있어!"

생각 외로 스몰 오우거의 대미지가 크지 않은 모양이었다.

당연했다. 강화뼈를 제외한 나머지는 쉽게 부서졌는데 그 모습을 보고 지레 겁을 먹었으리라. 하지만 스켈레톤의 레벨은 기껏해야 48이었다. 60레벨이 넘는 견습기사 지망생이 지닌 HP와 방어력은 분명하게 강화뼈보다 높았다.

"밀어붙여!"

게다가 이미 상당한 피해를 입은 상태의 스몰 오우거였다. 지는 게 오히려 이상했다. 관건은 피해를 최소화해야 한다는 것.

"크윽!"

하지만 아쉽게도 두 명의 견습기사 지망생이 경상을 입고 나서야 놈을 죽일 수 있었다.

[경험치가 상승합니다.]

승리했으나 무혁의 표정은 좋지 않았다.

겨우 한 마리였다.

솔직히 스켈레톤만으로도 어떻게든 상대가 가능하지 않을까 싶었다. 그런데 전혀 아니었다. 스켈레톤만으로는 상대조차 되지가 않았다. 견습기사 지망생이 끼어들어 두 명이 경상을 입고서야 죽일 수 있었다.

만약 놈이 두 마리라면? 다섯 이상이 중경상을 입으리라.
세 마리면? 몇 명이 죽을지도 모를 일이었다.

"……"

고민이 되었다.

계속 진행해야 하나?

NPC는 한 번 죽으면 끝이다. 유저와는 다르다. 이들을 희생
하면서까지 나아가야 하나?

그 순간이었다.

"조장님."

고개를 돌리자 열 명의 지망생이 굳건한 표정으로 무혁을
바라보고 있었다. 그중 한 명이 나섰다.

견습기사 지망생, 도켄이었다.

"저희, 할 수 있습니다."

"죽을 수도 있어."

"만약 두 마리라면 돌아가겠습니다."

"두 마리라면?"

"예, 아래층에서는 순서대로 나왔지만 여기도 같으리란 보장
은 없으니까요."

"아……"

도켄의 말이 옳았다.

그래, 계속해서 한 마리씩만 나타난다면 5층을 클리어하는
건 결코 무리가 아니다. 한 마리라면 말이지.

무혁은 고심하다가 고개를 끄덕였다.

"좋아. 두 마리면 무조건 도망친다. 알겠어?"

"예."

"알겠습니다."

스켈레톤을 희생한다면 도망치는 건 가능할 것이다. 그렇게 판단을 내리고 스켈레톤을 다시 소환할 수 있을 때까지 휴식을 취했다.

도켄의 생각이 적중했다. 스몰 오우거는 한 마리씩만 나타났다.

다행이야.

덕분에 계속해서 탐색을 이어갈 수 있었다. 처음과 마찬가지로 스켈레톤을 희생해서 놈의 HP를 빼고 이후 견습기사 지망생들이 나서 처리하는 방식이었다.

그 과정에서 일부 지망생의 레벨이 올랐다. 덕분에 기세가 붙고 노하우가 생기면서 사냥 속도도 빨라졌다.

이틀 전 10마리를 잡았다면 어제는 12마리를 잡았고 오늘은 13마리를 잡았다. 그렇게 4일을 투자해서 5층을 겨우 클리어할 수 있었다. 지겨운 시간이었다.

하지만 아직도 6층과 7층이 남았다.

"후우."

긴 한숨이 새어 나왔으나 무혁은 스스로를 달랬다.

클리어 이후의 보상을 기대하면서, 그리고 균등 분배임에도 불구하고 생각보다 더 빠르게 오르는 경험치를 만끽하면서 말이다.

과연 뭐가 나오려나.

걱정을 안고서 나아갔다.

저 멀리 형체가 보였다. 가까워질수록 무혁의 입가에 그려진 미소가 진해졌다. 미소의 의미는 너무나 명확했다.

샌드맨. 핵을 지니고 있는 한 HP가 매우 빠른 속도로 차오를 뿐만 아니라 몸이 모래이기 때문에 공격을 가해도 대미지가 반감되어 들어간다.

하지만 그럼에도 웃을 수 있는 것은 놈의 공략법을 알고 있었기 때문이었다. 게다가 그 공략법을 지금 당장 사용할 수 있는 상황이었기 때문에 미소가 진해진 것이고.

"메이지 소환."

메이지를 소환한 후 물 속성의 메이지3에게 명령을 내렸다.

화아아악.

얼음의 알갱이가 샌드맨을 향해 쏟아졌다. 얼음이 놈의 신체에 닿는 순간 신체가 진흙처럼 변하더니 아래로 뚝뚝 떨어졌다. 그러자 머리와 가슴, 그리고 복부에 위치한 세 개의 핵이 모습을 드러냈다.

이미 그렇게 될 줄 알고 있던 무혁이었기에 사전에 나머지 메이지에게 명령을 내렸었다.

덕분에 적절한 타이밍에 세 가지 속성의 마법인 바람의 칼날, 화염의 창, 전격의 구름이 샌드맨을 공격했다.

콰과과광!

거친 폭발이 일어났지만 안타깝게도 핵은 부서지지 않았다.

흐음, 역시 마법으로는 안 되네.

핵은 마법 공격에 저항이 매우 강했다. 물리적인 공격이 필요했다.

세 개의 핵을 동시에 부서뜨려야만 놈의 기능에 마비가 올 것이다. 문제는 검뼈나 활뼈로는 그 정도로 세심한 공격이 아직 불가능하다는 것이었다.

무혁은 검뼈를 소환한 후 접근하려는 샌드맨을 막았다. 이후 고개를 돌려 지망생들을 눈에 담았다.

"짧게 설명할 테니 모두 잘 들어라."

"예!"

"일단 저 몬스터는 샌드맨이다. 샌드맨에게 물 속성 마법을 사용할 경우, 핵이 드러나게 돼. 핵은 머리, 가슴, 복부에 위치해 있는데 그걸 동시에 타격해서 깨뜨리게 되면 샌드맨을 아주 쉽고 빠르게 처리할 수 있어. 그러니까 스켈레톤이 샌드맨의 이목을 끄는 동안 너희들이 핵을 깨뜨려야 해. 할 수 있겠어?"

지망생들이 고개를 끄덕였다. 그들의 단호한 표정과 흔들리지 않는 눈빛. 무혁은 그 모습을 보며 마음을 놓았다.

그래, 나보다 레벨도 높은데 무슨.

그리고 지시했다.

"거리를 좁혀서 신호를 기다려."

"알겠습니다!"

지망생 열 명이 검과 방패를 손에 든 채 샌드맨에게 다가갔다. 이미 검뼈가 놈을 귀찮게 하고 있는 상태였기에 어려울 게 없었다.

그들이 자리를 잡는 모습을 확인한 무혁이 다시 메이지3에게 마법 공격을 명령했다.

얼음의 알갱이가 쏘아졌다.

촤아악.

샌드맨의 몸이 다시 진흙처럼 변했고 그 순간 핵이 드러났다.

"지금!"

무혁의 명령을 기다리던 지망생들이 검을 내뻗자 둔탁한 소리가 들려왔다. 그 모습을 보던 무혁이 주먹을 강하게 쥐었다.

좋았어!

확실히 지망생이라고 얕볼 수가 없었다. 그들은 무혁이 원하는 바를 단 한 번에 해결해 버렸으니까. 그것도 아주 시원스럽게 말이다.

[샌드맨의 핵을 파괴했습니다.]

[샌드맨의 HP가 더 이상 회복되지 않습니다.]
[샌드맨의 HP가 30퍼센트 하락합니다.]
[샌드맨의 몸을 이루는 모래의 기능이 상실됩니다.]

떠오른 메시지를 보며 외쳤다.

"마무리 지어!"

이후 검뼈와 메이지, 그리고 지망생들의 공격이 놈을 유린했다.

[경험치를 획득합니다.]

놈을 처리하는 순간 견습기사 지망생들이 환호를 내질렀다.

"우와아아아!"

"이겼어!"

"뭐야, 쉽잖아!"

5층에서의 그 힘겨웠던 사투로 인해 6층에서는 보다 더한 긴장을 느꼈으리라. 하지만 생각보다 수월하게 처리하자 참을 수 없는 해방감을 크게 표출했다. 무혁도 그들을 제지하지 않았다. 마찬가지로 기쁘기 그지없었으니까.

하지만 언제까지 환호하고만 있을 수는 없었다.

"다들 그만."

그 말에 지망생들이 입을 다물었다.

"고생했다. 이대로만 하자."

"예!"

"좋아, 바로 출발한다."

그렇게 얼마나 나아갔을까.

크르륵.

두 마리의 샌드맨이 나타났다.

놈을 처치하니 한 마리의 샌드맨이 나타났고 그다음에는 다시 두 마리의 샌드맨이 나타났다.

두 마리가 끝이구나.

마법 스킬 얼음의 알갱이가 지닌 범위가 꽤 넓은 편이라 사냥은 막힘이 없었다. 간간이 휴식을 취하는 것을 제외하고는 전진, 또 전진했다. 체력도, 심력도 여유가 있었다.

이번에는 두 마리.

무혁은 메이지를 소환한 후 명령했다.

메이지3, 마법 공격!

얼음의 알갱이가 허공을 수놓았다.

크르륵.

마법 공격을 받은 샌드맨 두 마리의 신체를 이루던 모래가 진득해졌다.

뚝, 뚝.

아래로 떨어지는 진흙 덩어리들. 그 사이로 드러난 핵. 견습기사 지망생들이 다섯 명씩 나뉘어 한 마리의 샌드맨을 맡왔다.

한 조가 된 다섯 명 중에 셋은 각자 다른 위치의 핵을 맡았다. 남은 두 명은 누군가가 핵을 파괴하는 것에 실패했을 경우 바로 공격을 이어가기 위해 대기했다.

"공격!"

무혁의 목소리와 함께 그들이 검을 내질렀다.

푸욱.

지망생 한 명의 검이 살짝 어긋났다.

"흐읍!"

대기하고 있던 다른 지망생이 뛰어들며 검을 뻗었다.

[샌드맨의 핵을 파괴했습니다.]

[샌드맨의 핵을 파괴했습니다.]

덕분에 두 마리 샌드맨의 핵을 모두 파괴할 수 있었다.

"고마워."

"뭐, 이런 걸로."

실수했던 지망생이 도움을 줬던 이에게 고맙다고 인사했다.

그 모습을 무혁이 흐뭇하게 쳐다봤다.

일루전 홈페이지, 정보 게시판의 순위, 그리고 조회 수.

이제는 잠에서 깨면 매일같이 확인해야만 하는 일상이 되었다.

현재 순위는 1, 2위였다. 조회 수는 1위가 480만이었고 2위가 465만이었다. 하루에 조회 수가 대략 20만은 증가하고 있었다.

물론 지금은 조금 줄어들었지만 그래도 꾸준히 늘고 있는 상태였다. 아마 보름이 지나기 전에 조회 수 650만을 달성하리라. 이후 한두 달이란 시간이 더 지난다면 조회 수 1천만도 결코 꿈은 아니었다.

1주일만 있으면 입금되네. 그날이 되면……

모인 돈으로 다시 일루전 주식을 사기로 했다.

"웃차."

휴대폰을 끄고 몸을 일으켰다. 모자를 눌러쓴 채 집을 나서 헬스장으로 향했다.

운동을 마치고 집으로 돌아와 일루전에 접속한 무혁은 지망생들과 함께 6층 몬스터, 샌드맨을 사냥하기 시작했다. 모두 사냥이 익숙해진 덕분에 속도가 났고 빠른 정리가 가능해졌다. 경험치도 빠르게 올라갔다.

[경험치가 상승합니다.]

[경험치가 상승합니다.]

휴식은 최소한으로, 사냥은 최대한으로 이어갔다. 물론 밥은 제때 먹었다. 시간도 넉넉하게 줬고 말이다.

그러한 노력 덕분에 6층의 탐색을 3일 만에 끝마칠 수 있었다. 덕분에 무혁의 레벨 하나가 올랐고 지망생 몇 명의 레벨도 상승했다.

그렇게 도착한 어느 한 장소.

7층으로 올라가는 길 앞에서 무혁은 멈췄다.

투웅, 투웅.

새하얀 막을 두드리던 무혁이 주문서를 찢었다.

[주문서를 사용합니다.]

[실드 마법을 해제합니다.]

그렇게 마지막으로 향하는 길을 열었다.

지금처럼 또 탐색을 해야 할 수도 있고 혹은 아무것도 없을 수도 있다. 그도 아니면 보스 몬스터가 기다리고 있을지도 모르고.

분명한 것은 이곳이 마지막 층이라는 사실이다.

"올라가기 전에 마지막으로 30분만 쉬자."

모두 자리에 앉은 채 휴식을 취했다. 이런 저런 대화가 오갔다.

"마지막 층이라…… 뭐가 있을까?"

"후아, 난 관심 없어. 그냥 빨리 끝내고 돌아가고 싶다."

"엄청 피곤하긴 하지. 그래도 많이 성장한 것 같아."

"그건 맞아."

무혁도 10분 정도 쉬었지만 아무것도 하지 않으려니 지겹기만 했다. 해서 1회용 제작 도구를 꺼내어 검과 방패를 만들면서 시간을 보냈다.

[제작을 완료합니다.]

그렇게 만들어진 검과 방패는 곧바로 경매 시스템에 올랐다.

"자, 이제 갈까?"

"예!"

모두 긴장감을 감추지 않은 채로 발을 내디뎠다.

저벅.

7층으로 오르는 계단을 밟는다.

두근두근.

마지막이라 그런 걸까. 기존 층과는 조금 다른 설렘이 느껴졌다.

이윽고 계단의 마지막에 올랐다.

훤히 드러난 홀. 드넓은 그곳의 중앙에 한 마리의 몬스터가 있었다.

--------!

보스 몬스터, 외눈박이 거인이었다.

제5장
새로운 컨텐츠

무혁이 외쳤다.

"절대 눈을 공격하지 마!"

그 말에 견습기사 지망생들이 휘두르는 검의 궤도가 변했다. 얼굴을 노리던 것에서 다리나 복부를 노리는 것으로 바뀌었다.

외눈박이 거인은 70레벨의 보스 몬스터로 일반 몬스터에 비해 HP가 월등히 높은 녀석이다.

"놈이 다리를 들어 올리면 뒤로 빠지고!"

본래 전투를 하기 전에 알려줘야 할 사항이었지만 그럴 수가 없었다. 무혁이 놈을 발견했을 땐, 놈도 무혁과 그 일행을 발견해 버렸기 때문이었다.

일말의 고민도 없이 달려들던 그 무시무시한 패기에 곧바로 전투 상태로 돌입할 수밖에 없었다.

스윽.

마침 놈이 다리를 들었다.

무혁이 말할 것도 없이 다들 뒤로 물러섰다.

"메이지 소환."

전원 마법 공격.

무혁은 애초에 거리가 있었기에 그 순간을 노려 공격을 퍼
부었다.

네 가지 속성의 마법이 쏟아지고.

콰과과과광!

놈이 몸을 부르르 떨었다.

대미지를 입었나?

그 순간 놈이 들어 올렸던 다리를 내렸다.

쿠웅.

진동과 함께 바람이 불어왔다.

"흐읍!"

충격파가 여기까지 전해진 것이다.

미친……!

그 충격파에 HP가 100이나 떨어졌다. 가까이에 있었다면
수백, 혹은 1천이 넘는 HP가 떨어졌을지도 모를 일이었다. 긴
장감이 단번에 올라왔다.

견습기사 지망생도 마찬가지인 모양이었다. 표정이 단번에

굳어졌다.

"다시 공격!"

"흐아아아압!"

놈의 공격 패턴은 다행스럽게도 아주 단순하다. 키는 3미터밖에 되지 않지만 거인이라 불리기에 충분한 파괴력을 지니고 있다. 그 파괴력이 담긴 단순한 주먹질, 발길질이 주된 공격 방식이다.

가끔 튀어나오는 충격파 공격이 문제였지만 다리를 들어 올렸다가 내려찍는 모션이 꽤 길어서 피하기에는 충분했다.

다만, 문제가 한 가지 있다. 하나뿐인 눈을 공격하는 순간 놈이 폭주한다는 점이다. 눈을 잃는 대신 오감이 극도로 발달하고 엄청난 속도의 움직임을 보인다.

그렇게 되면 사냥하는 게 거의 불가능하다고 봐도 과언이 아닌 녀석이다. 물론 동레벨 유저들의 레이드를 기준으로 말이다.

그러니 최대한 조심해야만 한다.

지금 저놈이 폭주한다면……

생각만으로도 끔찍했다.

고개를 저으며 상념을 지웠다.

"집중해!"

외치면서 검뼈와 활뼈를 소환했다.

키릭, 키리릭.

하지만 돌진이나 공격을 명령하진 못했다. 검뼈가 저들 사

이로 진입했을 때 지망생들에게 피해를 주지 않으리라 확신할
수가 없었다. 뼈 화살 공격 역시 마찬가지였다.

혹시라도 실수로 지망생을 공격한다면?

아직 그런 섬세한 지휘력이 부족한 자신의 모습에 절로 짜
증이 치솟았다.

방법은?

그래, 번갈아 가면서 하자.

인벤토리에서 둔화의 독과 환각의 독, 약화의 마비와 출혈
의 눈물을 꺼내어 무기에 발라줬다.

그 순간 놈이 다리를 들었다.

파밧.

지망생들이 뒤로 물러났다. 무혁도 거리를 조금 더 벌렸다.

쿠웅.

충격파가 무혁의 앞에서 소멸되었다.

돌격.

그제야 강화뼈와 검뼈에게 돌진을 명령했다.

"너희들은 잠깐 기다려!"

"아, 예!"

지망생들이 움찔하고 멈췄다.

그사이 강화뼈와 검뼈가 외눈박이 거인의 지척에 도달했다.
강화뼈가 놈의 공격을 막아내는 사이 검뼈가 놈의 주변을 휘
감았다.

전원 공격!

검이 외눈박이 거인을 괴롭혔고.

['둔화의 독'이 적용됩니다.]

['환각의 독'이 적용됩니다.]

['출혈의 눈물'이 적용됩니다.]

['약화의 마비'가 적용됩니다.]

뒤이어 날아간 뼈 화살이 놈의 신체 곳곳을 타격했다.

대부분의 뼈 화살은 외눈박이 거인에게 도달하지도 않았다. 일부만이 놈의 다리나 허벅지에 부딪치며 타격을 입혔다. 명령을 그렇게 내린 탓이었다. 눈을 맞히지 않기 위해서 최대한 조심해야만 했으니까.

으음, 다시⋯⋯.

그 순간이었다. 놈이 다시 한번 다리를 위로 들어 올렸다.

전원 후퇴!

서둘러 명령을 내렸지만 움직임이 조금 어색한 스켈레톤의 특성상 완벽하게 피하는 건 어려웠다.

쿠웅!

충격파가 발생하며 스켈레톤을 휩쓸었다. 여러 마리의 검뼈가 바닥을 뒹굴었다. 그래도 역소환된 소환수는 없었기에 다행이라고 할 수 있었다.

활뼈, 연…….

무혁은 문득 떠오르는 생각에 명령을 멈췄다. 아무래도 불안했기 때문이다.

혹시라도.

최대한 조심한다고는 하지만 화살에는 눈이 없는 법.

실수라도 놈의 눈을 맞힌다면?

생각해 보니 마법 공격도 위험했다. 눈에 타격을 줄 테니까. 욕심은 났다. 화살과 마법은 놈에게 확실하면서도 분명하게 타격을 입힐 수 있는 수단이었으니까.

그러나 위험을 감수하지 않는 것으로 결단을 내렸다.

"……."

결국 남은 방법은 하나였다.

검뼈와 강화뼈, 그리고 지망생들로 놈을 상대하는 것뿐이었다.

"전원 대기!"

"예!"

충격파가 완전히 사라졌을 때.

"공격!"

무혁의 명령에 지망생들이 지면을 찼다.

파밧.

무혁은 그 틈에 메이지와 활뼈의 소환을 취소했다. 그제야 조금씩 달리던 MP가 회복세로 바뀌었다.

무혁은 상황을 지켜보다가 지망생들이 뒤로 물러나면 HP가 차오른 검뼈와 강화뼈를 보내 외눈박이 거인을 귀찮게 했다. 물론 스켈레톤이 나설 때는 지망생들이 휴식을 취했다.

그렇게 번갈아 가면서 놈의 HP를 한참 동안이나 야금야금 갉아먹었지만 여전히 끝이 보이지 않았다.

그 탓일까. 시간이 흐를수록 지망생들의 표정이 굳어갔다. 육체적으로나 정신적으로나 지친 것이다.

"다시 공격!"

이젠 기합도 터뜨리지 못했다.

"하아, 하아……."

지친 호흡을 뱉으며 힘겹게 달렸다. 외눈박이 거인을 감싼 채 검을 휘둘렀다. 그러다 놈이 공격하면 방패를 내밀어 충격을 최소화했지만 어느새 그 작은 충격이 쌓여 손목과 어깨에 무리를 줬다.

저리다.

고통스럽다.

절로 그런 생각이 들 정도였다.

"흐읍……!"

검을 휘두를 때도 흔들림이 발생했다.

그 순간 놈의 주먹이 보였다. 휘둘러지는 궤도를 보던 지망생 파쿤이 방패를 내밀었다.

콰앙!

저린 손목과 어깨로 충격이 올라왔다.

으윽……!

그런 과정이 반복되면서 몸이 점점 무거워졌다. 실수는 거기서 시작되었다. 방패에서 느껴지는 충격이 사라졌기에 당연히 놈의 공격이 멈췄으리라 여긴 것이다. 파쿤은 어느새 몸에 익어버린 패턴을 구사하고 있었다.

충격이 없다. 그러니 공격을 하자.

몸이 절로 움직였다.

스윽.

상체를 일으키며 오른손에 들린 검을 앞으로 내뻗었다. 뒤늦게 방패가 내려가면서 시야가 확보되었다.

파쿤의 눈이 순간적으로 커졌다. 아직 외눈박이 거인의 공격이 끝나지 않은 탓이었다. 평소보다 더욱 큰 모션으로 주먹을 휘두르고 있었기에 충격이 오지 않았을 뿐이었다.

하필이면 상체를 약간 숙인 상태여서 지금 파쿤이 내뻗은 검이 놈의 눈과 일직선상에 놓여 있었다.

"안 돼!"

지켜보던 무혁이 외쳤으나 이미 궤도를 틀기엔 늦은 상태였다.

"흐읍……!"

아찔한 감각이 손을 타고 올라왔다. 파쿤의 몸이 굳어버렸다.

"아……."

외눈박이 거인, 놈이 내뿜는 광기 어린 기세에 겁을 먹은 탓이었다.

크르, 크르르…….

상처 입은 눈이 감겼다.

이제 놈의 오감이 극도로 발달하는 것은 물론이고 파괴력도, 움직임도 지금까지와는 차원이 다를 것이었다.

그런 녀석이 발을 굴렀다.

쿠웅.

모션은 짧아졌고 충격파의 기세는 강해졌다.

"크읍!"

"피, 피해!"

충격파가 지망생들을 휩쓸었다. 거친 바람은 무혁에게조차 영향을 줬다.

이런……!

팔뚝을 올려 눈을 가릴 수밖에 없었다.

강력한 후폭풍이 지나고나서야 팔을 치워 전방을 확인했다.

---------!

지망생들 전부가 바닥에 너부러진 상태였다.

고통스러운 신음을 흘리면서.

외눈박이 거인이 움직였다.

쓰러진 채 움직이지 못하는, 신음만을 흘리고 있는 지망생들을 죽이기 위해서.

크르르……

저들을 죽게 내버려 둘 순 없었다.

퀘스트의 보상 때문에?

아니, 지금은 그런 건 떠오르지도 않았다.

그럼 도대체 왜?

죽는 모습을 보고 싶지 않으니까.

정이 들었으니까.

그래. 이유는 그것으로 충분했다.

파밧.

지면을 찼다.

윈드 스텝.

그로이언 세트로 인해 얻은 스킬을 드디어 사용했다.

무혁은 분명히 기억한다. 윈드 스텝을 사용하던 유저의 동영상을 몇 번이나 반복해서 봤으니까.

그 영상에서 느낀 것은 하나였다. 윈드 스텝은 목숨은 건 혈투 속에서, 그리고 검을 지니고 있을 때 진정한 위력을 발한다는 사실을 말이다.

그래, 할 수 있어.

나아가면서 바닥에 떨어진 검 한 자루와 방패를 집어 들었다.

갑작스레 빨라진 탓일까. 일순간 세상이 느려진 것만 같은 착각이 들었다.

동시에 눈앞으로 선이 하나 그려졌다. 그 선을 따라 쫓아가자 순식간에 외눈박이 거인의 지척에 도착했다.

달려들었던 속도 그대로 놈을 지나치며 검을 휘둘렀다.

서격.

검에 속도가 더해지면 절삭력이 상승한다.

대미지는 그대로지 않냐고?

물론 그대로다.

하지만 분명히 과정도, 결과도 달라진다.

크으, 크워어어어어!

손가락 하나가 잘려 나간 지금의 외눈박이 거인처럼.

보이는 것이 달랐다.

외눈박이 거인의 움직임, 그 사이에 있는 작은 빈틈이 한 줄기 선이 되어 시야에 사로잡힌다.

놈의 주먹이, 그리고 다리가 사방에서 무섭도록 빠르게 휘몰아친다. 두려울 정도의 파괴력이 담긴 상태였지만 그럼에도 두렵다는 생각은 들지 않았다.

무혁 역시 윈드 스텝을 사용하고 있었으니까. 그 속에선 놈의 움직임이 분명히 보이고 있었다.

하지만……

무혁은 미간을 찌푸리며 다시 검을 휘둘렀다.

서걱.

이번에는 옆구리를 크게 베었다. 은빛이 흩날린다.

조금 더, 빨리.

유리했으나 서둘러야만 했다. 윈드 스텝의 1초당 소모되는 MP는 20. 현재 무혁의 남은 MP는 겨우 1,400이었다. 기껏해야 윈드 스텝을 1분 20초가량 유지할 수 있는 수준인 것이다.

폭주한 녀석의 움직임에 반응하기 위해선 어쩔 수 없이 윈드 스텝을 써야만 하는데 그 시간이 너무나 짧고 또한 한정적이었다.

결국 방법은 하나. 짧은 시간 내에 최대한의 피해를 입히는 것. 무혁이 할 수 있는 건 그것밖에 없었다.

서걱.

놈의 허벅지를 벤 후 뒤쪽에 있던 지망생 한 명을 안아들고 저 멀리 던져 버렸다. 언제 시작될지 모를 충격파로부터 보호하기 위해선 어쩔 수가 없었다.

그때였다.

놈이 다리를 들었다.

'이런!

다행히 근처에 있던 무혁이었기에 서둘러 거리를 좁힌 후 반대쪽 발목을 노렸다.

하지만 어느새 아래로 떨어진 주먹이 진로를 방해했다.

별수 없이 발목을 스쳐 지나갔다. 그리고 곧바로 주먹을 공격하는 것으로 대신했다. 덕분에 무혁은 놈의 손가락 하나를 더 자를 수 있었다.

하지만 단지 그것뿐이었다.

쿠웅!

그 순간 시작된 충격파가 사방으로 퍼졌다.

"크윽!"

무혁도 뒤로 날아갔다. 순간적으로 윈드 스텝이 취소되었다.

젠장, 윈드 스텝!

다시 사용한 후 놈과의 거리를 좁히면서 주변을 훑었다. 바닥에 쓰러졌던 지망생들이 충격파에 휩쓸려 뒤로 쓸려 나간 상태였다.

대부분이 꿈틀거리는 움직임을 보이고 있었지만 두 명은 움직임이 아예 없었다.

그 모습에 불안감이 들었다.

안 돼……!

그들의 상태부터 확인하고 싶었다. 하지만 그럴 수가 없었다. 외눈박이 거인이 폭주 중이었으니까.

속으로 욕을 뱉으며 눈앞에 생겨난 한 줄기 빛을 따라갔다.

그 순간 머리 위에서 바람이 느껴졌다. 놈이 다가오는 무혁을 노리며 주먹을 내려친 것이다. 선이 일그러지더니 다른 곳에서 나타났다.

흐읍!

무혁은 그 선을 따라갔다. 세상이 일그러진다. 마치 깨진 조각이 맞춰지는 것처럼 세상이 다시 본래대로 돌아왔다. 그리고 그 순간 보았다. 무혁 스스로가 놈의 뒤쪽에 있음을.

뒤늦게 검을 찔렀다.

푸욱.

놈의 허리에 상처를 입혔지만 조금 느렸던 탓일까. 어느새 폭주한 녀석은 또다시 무혁을 노리며 주먹을 휘둘러 오고 있었다.

젠장······.

시간이 얼마 남지 않았다.

이제 20초 남짓?

남은 시간, 놈에게 집중하리라.

놈과 어우러지며 치열한 접전을 펼쳤다.

한편.

그 모습을 바라보던 지망생 파쿤은 놀란 표정을 감추지 못했다. 움직임이 시야에 잡히긴 했지만 조금 과장하자면 마치 빛과 빛이 어우러져 서로를 공격하는 모양새였다.

그 정도로 움직임이 빨랐다. 조금만 더 내부가 어두웠더라면 눈으로도 좇을 수 없었으리라.

"아, 아아……."

꽤 긴 시간 접전이 펼쳐졌다.

아니, 그렇게 느껴졌다.

시간으로 따지자면 대략 20초?

그 정도가 지났을 때 무혁이 돌연 움직임을 멈춰 버렸다. 그리고 전신이 상처로 얼룩진 외눈박이 거인의 발길질에 채이며 힘없이 허공을 날았다.

퍼억.

벽에 부딪히며 떨어진 무혁.

"으음……."

신음과 함께 고개를 들었다. 고통은 거의 없었다. 하지만 MP는 바닥이었고 HP 역시 한 번의 발길질로 수백이 깎여 나간 상태였다. 이길 가능성이 사라진 것이다.

아깝네…….

무혁은 그 순간에도 그런 생각을 했다.

조금만 더 시간이 있었더라면, 그랬다면 놈을 처치할 수 있었을 텐데.

그 정도로 외눈박이 거인의 상태는 처참했다.

스윽.

고개를 돌린 무혁과 파쿤의 시선이 얽혔다.

"파쿤."

"예, 예. 조장님!"

"그리고 오운."

"예……?"

"멀쩡해 보이는 건 너희 둘뿐이니 동료를 데리고 6층으로 내려가."

"조장님은요?"

"너희들 다 내려가면 갈 테니까, 어서."

"하지만……."

"어서!"

파쿤과 오운이 망설였다. 하지만 무혁의 단호한 눈빛에 한숨을 내뱉으며 서둘러 동료를 둘러메기 시작했다. 견습기사 지망생이라 힘은 충분했기에 한 번에 두세 명씩 잡고 끌었다.

"후우."

무혁은 웃으며 혹시 몰라 준비했던 MP 포션을 마셨다.

[10초마다 MP(20)가 회복됩니다.]

윈드 스텝 사용은 불가.

차라리 스켈레톤 소환이 더 나았다.

"검뼈 소환."

강화뼈와 검뼈를 앞으로 내보냈다.

미친 듯이 달려들던 외눈박이 거인이 검뼈를 처참하게 짓밟

왔다. 그나마 강화뼈1, 2가 놈의 돌진을 저지했다. 크게 밀리긴 했지만 다시 달려가 외눈박이 거인과 부딪치며 시간을 끌었다.

"아처 소환. 메이지 소환."

그제야 활뼈와 메이지를 소환했다.

활뼈, 연사.

메이지, 마법 공격.

뼈 화살이 날아가고 네 가지 속성의 마법이 놈을 가격했다.

콰과과광!

무혁 역시 강력한 활쏘기를 사용했다.

죽은 자의 축복.

강화뼈2에게 회복 스킬도 썼다.

스윽.

주변을 둘러보던 무혁이 웃음을 지었다. 지망생 전원이 6층으로 내려간 것이다.

크워어어어어!

하지만 놈은 쓰러지지 않았다. 오히려 더 화가 난 모양이었다. 포효를 내지른 외눈박이 거인이 강화뼈1을 잡고 던졌다. 연이어 강화뼈2의 방패에 주먹을 몇 번이나 내려쳤다.

쾅, 콰앙!

결국 버티지 못한 강화뼈2가 부서지고.

크르르…….

거리를 좁힌 녀석이 활뼈와 메이지를 허무하게 부쉈다.

하아, 저걸 어떻게 잡으란 거야? 물론 눈만 공격하지 않았다면 가능했겠지만……

아쉬움을 뒤로하고 최대한 녀석과 거리를 벌렸다. 하지만 애초에 움직임이 달랐다. 윈드 스텝을 사용하지 않는 한 놈을 피한다는 건 말도 안 되는 일이었다.

결국 외눈박이 거인의 주먹에 가격당해 또다시 벽에 처박혔다. 그런 무혁을 향해 빠르게 다가오더니 얼굴을 노리며 다리를 휘둘렀다.

퍼억, 퍼억!

놈의 발길질에 연이어 가격당했다.

[HP가 0이 됩니다.]
[사망하였습니다.]

자살과 초반 던전을 찾기 위해 무리하게 움직였던 순간을 제외한다면 제대로 붙은 싸움에서의 첫 패배였다.

7층으로 오르는 계단.

그 앞에 있던 파쿤과 오운, 두 사람은 정신을 차리기 시작하는 동료를 보며 안도했다. 하지만 아직까지 돌아오지 않은 무혁이 걱정되어 굳은 표정을 풀 수 없었다.

"응급처치는?"

"다 했어."

경상, 중상을 입은 이들은 응급처치를 마친 상태였다. 물론 중상을 입은 두 명은 아직 정신을 차리지 못하고 있었다. 나머지도 거동이 상당히 불편한 상황이었고.

"그나마 다행이네."

"그래, 죽은 사람은 없으니까."

중상을 입은 두 명도 목숨은 부지했다. 그들을 데리고 나간다면 신전의 고위 사제가 상처를 치유해 주리라.

그때 한 명의 지망생이 물었다.

"그런데 조장님은……?"

파쿤과 오운은 대답하지 못했다.

"조장님은!"

"7층에 남으셨어."

오운의 대답에 일순 침묵이 흘렀다. 오운이 애써 웃으며 몸을 일으켰다.

"내가 확인해 볼게."

"확인?"

"그래, 7층에 잠깐 들어갔다가 나올게. 확인만 하고 바로 내려올 거니까 위험한 것도 없을 테고. 그러니까 기다리고 있어."

그 말에 정신을 차린 지망생들이 고개를 끄덕였다. 그 모습을 확인한 오운이 등을 돌린 후 7층으로 향하는 계단을 밟아 나갔다.

저벅.

고요한 가운데 발걸음 소리만이 공간을 울렸다.

얼마나 지났을까.

그가 다시 돌아왔다.

"……."

오운은 말이 없었다.

오운을 바라보는 지망생들은 그의 굳은 표정만으로도 상황을 짐작할 수 있었지만 믿고 싶지 않았다. 그래서 애써 그런 생각을 지우고 일말의 희망을 품은 채 오운이 입을 열기만을 기다렸다.

한참이 지나고서야 오운이 입을 열었지만 들려오는 말은 예상을 빗나가지 않았다.

"조장님은…… 안 계셔."

"그, 그럼……?"

외눈박이 거인, 놈에게 잡아먹혔으리라.

일부는 허탈한 표정을, 일부는 분노한 표정을 지었다. 누군가는 탄식을 내뱉었고 또 누군가는 벽을 주먹으로 강하게 후려쳤다.

짧지 않은 시간, 자신들을 이끌어주던 사람이었다. 정도 많이 들어서 더욱 마음이 아팠다. 그럼에도 할 수 있는 게 없었다.

"어떡하지?"

"기다려야지."

오운의 시선이 아직 정신을 차리지 못한 두 명의 동료에게로 향했다.

그제야 다들 고개를 끄덕였다. 확실히 지금 몸 상태로 저 둘을 데리고 1층까지 내려가는 건 힘들었다. 저들이 정신을 차리고 상황을 조금 더 지켜본 후에야 움직일 수 있으리라.

그래, 기다려야지. 기다려야 하고말고.

오운 본인이 말했음에도 그 진짜 의미를 알 수 없었다. 아직 정신을 차리지 못한 두 명의 동료를 기다리자는 뜻인지, 아니면 혹시라도 살아 있을 무혁을 기다리자는 뜻인지. 다만, 그래야 한다는 생각만 들 뿐이었다.

캡슐의 문이 열렸다.

치이익.

그곳에서 나온 무혁은 일단 시간부터 확인했다.

저녁 6시.

내일 저녁까지는 일루전에 접속할 수 없다. 지금 이 순간만큼은 24시간이라는 페널티가 참으로 야속하게 느껴졌다.

그때까지 뭘 하지?

평일이라 집에 가기도 뭐했다. 하고 싶은 것도 없고. 그러다 배에서 나는 꼬르륵 소리에 정신을 차렸다.

밥부터 먹자.

무혁은 집 앞에 있는 식당에서 국밥 한 그릇을 먹은 후 집으로 돌아와 TV를 보면서 시간을 때웠다. 틈틈이 휴대폰을 켜서 이것저것을 검색하기도 했고 일루전 홈페이지에 접속해 동영상이나 게시물을 훑어보기도 했다.

이제 10시.

보통 12시는 넘어야 잠을 자기 때문에 정신이 아주 말짱했다.

지겹다.

그때 아주 긴 겨울잠에 빠져 있던 휴대폰이 몸을 부르르 떨며 눈을 떴다.

드드드드.

진동이 손에서 느껴졌다.

전화……!

아주 낯선 감각이었다. 전화를 건 적은 있지만 전화가 걸려온 것은 정말 오랜만이었기 때문이다. 오죽하면 휴대폰에 문제가 있는 것이라 착각까지 했었을까.

그리 반가운 사람은 아니었지만 그래도 지루함을 달래기엔 나쁘지 않을 것 같았다.

"여보세요?"

-아, 잘 지내셨어요?

일루전의 세계를 담당하고 있는 김민호 PD였다.

"네, 잘 지냈죠."

-다름이 아니라, 내일 시간 괜찮으시면 저희가 식사라도 한 끼 대접하고 싶어서요.

"아, 그래요?"

-네, 시간 되세요?

"저야 시간 많습니다."

-잘됐네요. 그러면 내일…….

타이밍이 예술이었다. 캐릭터가 죽은 날 식사 대접이라니.

내일은 그래도 덜 지루하겠네.

그런 생각을 하며 PD가 말하는 시간과 장소를 귀에 담았다.

다음 날.

헬스장에서 운동을 하고 빈속으로 집으로 향했다. 오랜만에 깔끔한 옷을 차려입은 후 시간을 확인했다.

11시 30분. 출발하면 딱 맞을 시간이었다. 12시 30분까지니까.

근처 지하철을 타고 이동해 압구정 로데오역에서 내렸다. 조금 걸어서 올라가니 약속 장소로 잡은 청담동 B레스토랑이 보였다.

"어서 오십시오."

"네, 예약이 있는데요."

"성함을 알려주시겠어요?"

"김민호로 되어 있을 거예요."

직원이 명단을 살폈다.

"이쪽으로 오세요."

그녀를 따라가자 자리를 잡고 있는 이들이 보였다. 통화를 했던 김민호 PD와 묘한 인연을 가진 유라, 두 사람이었다.

"오셨네요."

유라가 먼저 새침한 말투로 인사했다.

"네, 그런데 오늘도 같이 왔네요?"

"하하, 불편하시죠?"

"뭐, 그런 것보다는……."

"죄송합니다. 꼭 같이 오고 싶다고 해서……."

"무, 무슨 소리예요!"

"그랬잖아?"

"제가 언제요!"

"어허, 식당에서 목소리를 높이면 어떻게 해. 사람들이 보잖아."

이미 몇몇 사람은 그녀가 유라임을 알아보고는 다가와서 사인을 요청했다.

그래도 연예인이라 이미지 관리를 하는 것일까. 그녀는 웃으며 일일이 사인을 해줬다.

물론 함께하는 무혁으로서는 기다려야 했기에 영 귀찮았지만 말이다.

팬들이 떠나고서야 무혁이 입을 열었다.

"흐음, 다음엔 같이 안 오시는 게 좋을 것 같은데."

"네……?"

"팬들이 알아보잖아요."

"피해 본 거라도 있어요?"

"의미 없이 기다리고 있으니 피해라면 피해죠."

유라의 눈초리가 가늘어졌다. 무혁은 헛기침을 하며 시선을 피했다.

"크흠, 일단 주문부터 하죠."

둘의 모습에 김민호 PD가 웃었다.

뭐가 재밌는 걸까.

아무튼 주문은 순조로웠다.

"안심 스테이크 미디움 레어 코스 두 분, 등심 스테이크 미디움 코스 한 분. 맞으신가요?"

"네."

"잠시만 기다려 주세요."

주문을 마치고 약간의 적막감이 흘렀다. 물론 그냥 있을 PD가 아니었다.

"일단 갑자기 식사 대접한다고 해서 놀라셨을 겁니다."

"아, 네. 조금요."

"시청률이 많이 상승한 건 아시죠?"

인센티브를 받았으니 당연히 안다.

고개를 끄덕이니 그가 기분 좋게 웃으며 말을 이어 나갔다.

"사실 저도 3퍼센트나 오를 줄은 상상도 못 했습니다. 이번에 얼마나 난리가 났는지. 참, 팁 게시판의 조회 수가 상당히 올랐던데요."

"맞아요, 많이 올랐죠."

"그게 조회 수당 2원이었죠?"

"네."

"그것만 해도 상당하네요."

두 개의 게시글을 합쳐 대략 천만. 조회 수당 2원. 즉, 일루전으로부터 이번 달 말에 2천만 원을 받게 되는 것이다.

확실히 엄청난 액수였다. 대우가 좋지 않은 중견 기업, 혹은 중소 기업의 사원 연봉과 맞먹는 금액이니까.

회사 다닐 때는 상상도 못 했지.

그런데 그 순간 김민호 PD의 눈빛이 변했다.

"그런데 말이죠."

"네."

"제가 보니까 정보 게시판에도 글을 올리셨더라고요."

정보 게시판?

아아…….

둔화의 독과 환각의 독 게시물을 말하는 것이리라.

무혁이 희미하게 웃었다. 무작정 식사 대접을 한다는 것부터가 의아했는데 목적이 바로 이것이었다.

"맞아요."

그제야 유라도 표정을 풀었다. 지적을 당해 화가 났지만 그것보다는 호기심이 더 컸기 때문이다.

"도대체 그런 정보들은 어떻게 아는 거예요?"

"네?"

"어떻게 그런 정보를 아냐구요."

그녀의 말에 무혁이 어이없는 표정을 지었다.

이 여자 뭐냐, 진짜.

정보를 어떻게 아는지 물어본다고 대답을 해줄 거라고 여기는 걸까. 그런 호구가 세상에 어디 있단 말인가.

물론 유라의 미모에 혹해 알려줄 남자가 있을지도 모르지만 적어도 무혁은 그런 부류에 속하지 않았다.

"제정신이세요?"

"뭐라구요? 지금 저한테 한 말……."

"정보가 얼마나 중요한지는 알고 묻는 겁니까?"

"그건……."

"정말 대단한 정보는 그 하나만으로도 수 억, 수십 억의 가치를 지니고 있어요. 그런 정보를 어떻게 알았는지 묻는 건 아주 유명한 음식점을 찾아가서 레시피를 밝히라고 하는 것과 다를 게 없는 거죠."

"그거랑 이거랑 어떻게……."

무혁은 유라의 말을 끊었다.

"내가 당신에게 지금까지 남자 친구는 몇 명이나 사귀었는지, 그 사람들과 얼마나 진한 관계였는지를 아주 상세하고 또 낱낱이 알려 달라고 한다면 말하겠어요? 남들이 모르는 정보를 이 정도로 알고 있다는 건 그만한 대가를 치렀다는 의미죠. 그렇게 쉽게 물어볼 게 아니라는 겁니다."

유라의 입이 뻐끔거렸다.

염치가 있으면 할 말이 없겠지.

옆에 있던 PD도 고개를 끄덕였다.

"무혁 씨의 말이 맞아요. 유라야, 이번엔 네가 실수했다."

"미, 미안해요."

무혁은 유라의 사과를 대충 받아줬다.

마침 식전 빵이 나왔고 김민호 PD는 분위기를 전환하기 위해 말했다.

"자, 일단 드시죠."

"네."

식전 빵을 먹고 있을 때 바로 다음 요리가 나왔다.

"이건 아뮤즈 부쉬라고 합니다. 빙어를 튀겨 만든 음식으로 입맛을 돋우는 역할을 하죠."

직원의 설명을 들으면서 맛을 봤다.

흐음, 맛있네.

맛있는 음식이 입에 들어가니 불쾌했던 감정이 조금 수그러들었다. 김민호 PD는 일상적인 주제로 대화를 이끌어 갔다.

이후 몇 가지 음식이 더 나온 후 메인인 스테이크가 등장했다. 손바닥보다도 작은 크기였으나 두툼해서 보기만 해도 침이 고였다.

크으, 이게 얼마만의 스테이크냐.

사실 평범한 회사원으로 지내면서 이런 레스토랑을 몇 번이나 와봤겠는가. 코스 요리가 5만 원에서 많게는 10만 원의 수준이니 두 사람만 되어도 부담이 되는 게 정상이었다.

거기에 전신마비로 지낼 때는 제대로 된 음식을 먹을 수도 없었다. 새로운 삶을 살게 되면서는 일루전에 집중하느라 이런 곳에 오지 못했었고.

눈을 빛내며 나이프와 포크를 들었다.

스윽, 슥.

고기를 써는데 손맛이 아주 일품이었다.

작게 썰린 고기를 소금에 살짝 찍어 입에 넣는 순간.

아……:

입안으로 소고기 특유의 향과 부드러움이 퍼졌다. 뒤이어 한 번 씹었을 땐 겉의 바삭한 식감이 입맛을 자극했고 뒤이어 부드러운 속살이 한순간에 녹아버리며 절로 미소를 짓게 만들었다. 정말 웃음을 참을 수 없는 맛이었다.

지켜보던 김민호 PD가 물었다.

"맛있죠?"

"네, 엄청 맛있네요."

"참, 물어보려고 한 게 있는데요. 혹시 다른 귀중한 정보도 알고 계세요? 알고 계시면 저희 프로그램을 통해서 알려보는 게 어떨까 싶어서요."

음식으로 인해 기분이 아주 좋은 상태였다. 그래서일까. PD의 말에 별다른 반감이 들지 않았다.

"뭐, 몇 가지 있긴 한데……."

절로 그런 말이 튀어나와 버렸으니까. 그 말에 김민호 PD가 손을 멈췄다.

"몇 가지나…… 있으시다고요?"

"네, 그냥 괜찮은 정보들이죠."

김민호 PD의 눈이 먹이를 노리는 뱀처럼 섬뜩해졌다. 이번 방송으로 얼마나 많은 유저가 일루전의 숨겨진 정보를 원하고 있는지 깨달았다.

던전도 그러지 않았던가. 지금 그 컨텐츠의 처음을 발굴한 경쟁사가 엄청난 이익을 누리고 있으니까.

"혹시 저희와 함께할 의사가 있으신지?"

무혁은 확답을 주지 않았다. 이런 건 신중할 필요가 있었으니까.

흐음.

지금 당장만 해도 정보가 있다. 현재 진행 중인 탑에 관해서다. 계획대로만 된다면 충분히 탑의 오픈이 가능해질 것이다. 그걸 지금 말한다면? 하지만 만약이라는 게 있다. 실패하게 되면?

잠시 고민하다가 결론을 내렸다.

안전하게 가자. 탑이 오픈되면 몬스터 공략법만으로도 상당한 이익을 얻을 테니까.

"긍정적으로 생각해 보죠."

"그 말이면 족합니다."

더 이상 일 얘기는 없었다. 이제는 스테이크를 맛있게 먹기만 하면 되었다. 유라의 심기가 불편해 보였으나 무혁은 애써 외면했다.

"오늘 반가웠습니다."

"저도요."

그렇게 헤어지고 집으로 돌아왔다.

무혁은 페널티 시간이 끝난 것을 확인하고 곧바로 일루전에 접속했다.

to be continued

흙수저 판타지 장편소설

회귀자 사용설명서

어느 날, 이세계로 소환되었다.

짐승들이 쏟아지고, 믿을 수 없는 위기가 닥쳐오나.
가지고있는 재능은 밑바닥.

[플레이어의 재능수치는 최하입니다.]
[거의 모든 수치가 절망적입니다.]

선택받은 용사든, 재능 있는 마법사든,
시간을 역행한 회귀자든.
모든 것을 이용해야 한다.

살아남기 위해.

"쓰레기면 뭐 어떻습니까. 살아남기 위해서
뭔 짓인들 못 하겠어요?"